海男，女，中国当代著名诗人、作家。曾获1996年刘丽安诗歌奖、中国新时期十大女诗人殊荣奖、2005年《诗歌报》年度诗人奖、2008年《诗歌月刊》实力派诗人奖、2009年荣获第三届中国女性文学奖、2014年获第六届鲁迅文学奖（诗歌奖）。已出版《男人传》《女人传》等作品80余部。现为云南师范大学特聘教授。

我的心像鼓一样激荡

海男 著

时代出版传媒股份有限公司
安徽文艺出版社

图书在版编目(CIP)数据

我的心像鼓一样激荡/海男著. —合肥:安徽文艺出版社,2016.12
ISBN 978-7-5396-5975-6

Ⅰ. ①我…　Ⅱ. ①海…　Ⅲ. ①诗集-中国-当代　Ⅳ. ①I227

中国版本图书馆 CIP 数据核字(2016)第 311141 号

出　版　人:朱寒冬　　　　选题策划:岑　杰
责任编辑:岑　杰　韩　露　装帧设计:云南非鸟文化传播有限公司

出版发行:时代出版传媒股份有限公司　www.press-mart.com
　　　　　安徽文艺出版社　www.awpub.com
地　　址:合肥市翡翠路 1118 号　邮政编码:230071
营 销 部:(0551)63533889
印　　制:安徽新华印刷股份有限公司　(0551)65859551

开本:880×1230　1/32　印张:10.375　字数:150 千字
版次:2016 年 12 月第 1 版　2016 年 12 月第 1 次印刷
定价:32.00 元(精装)

(如发现印装质量问题,影响阅读,请与出版社联系调换)

版权所有,侵权必究

目 录

001　彝良灾情及地球忧思录
017　2003年初夏的诗
035　献给独克宗古城的十四行诗
097　2005年的十二行诗
111　夜澜深处逢细雨
125　紫风暴
133　漫歌：北回归线二十四度以南
167　我身体中的原始森林
189　时间埋葬了那些我热爱的火
211　当我想起这道铭文
237　云层如棉絮
263　献给江河流域的十四行诗
295　我的心像鼓一样激荡

彝良灾情及地球忧思录

彝良
地球

1

我不知道地球到底怎么了,它是累了、倦了,还是愤怒了
还是再也撑不住人类的欲壑。这一天,在这个九月的日子
云依然那样白,在白得晃眼的刹那间,二十一世纪的玻璃和重金属
耸入云层,使飞翔中的鸟群四散。啊,亲爱的群鸟的翅膀
撞在了尖锐的玻璃柱上。这一天,城市堵在干旱和下水道的汪洋
一阵又一阵抽搐令世界的血液系统遭遇到了前所未有的堵
啊,堵塞,这是二十一世纪的沉疴。在堵塞中,无数人死于心碎
这一天,云依然白,在白中裹挟着乌云,一朵朵乌云之下
人们在谈论着灾难,每天固有的灾难,从海上过来到达陆地
陆地。陆地已被人类的脉络占领,凡是有海上陆地的地方
必有挖掘机从轰鸣中而来,那些模拟人类爪心的挖掘机推土机
还有火药要移走古老的习俗,要移走古老的城墙
要移走我们心灵中的圣地。我们每天都听见海啸上岸
啊,陆地上有辽阔的村庄,它的延伸之处是五谷之地
神秘的江河原址。那一天,透过那白的云,我们又看见了
织物般的乌云,它的灰暗使我透不过气来,我的预感中
有一种来历不明的晃动。啊,晃动,整个二十一世纪都在晃动

这是一种灵欲彷徨的姿态,从我们四肢的强烈感态之中
可以感受到地球也在晃动。啊,倾斜的令人眩晕的晃动已来临

2

此时此刻,一只灰色的候鸟拂过窗外,一种不祥让我的水杯落地
终于,透过这云层裹云层的帷幕外,我感觉到了群山的晃动
在离我不远处的滇东北,那苍茫深处的大山之外的大山下
是彝良,这座被诗人陈衍强不断歌吟的县境内,绵延出
英雄和美人的传说。当我感受到彝良在地震时,我首先想到的
就是诗人陈衍强和他的诗歌。我首先想到的就是陈衍强诗歌中的
英雄和美人有没有倒下去,还有那些山野间的土坯屋
有没有倒下去,奇异的黄草坝的美丽风光有没有倒下去
还有从陈衍强诗歌中出世的农民的山庄田园有没有倒下去
在昆明,在滇池岸,我一次次感受着这些晃动的消息
它们总是从泥沙中汹涌而来,如同一次次矿难的死亡录
如同高速公路上遇难者的名单,如同空难的残骸
而此刻,滇东北的彝良,我在诗人陈衍强诗歌中看见过的
牧羊人的山冈在晃动,整座城在晃动,九月的稻田在晃动
裹挟在峡谷中的学校在晃动,禽兽们的大地乐园在晃动
酿制苞谷酒的地下酒窖在晃动,架在群山峻岭的电线杆在晃动
祭司们的咒语在晃动,白昼与黑暗的褶皱在晃动,庙宇在晃动

经文诵过的山川在晃动。啊,从开始的晃动到之后的晃动
人类在计数的历程中,创造了非凡的记录史
那些已不再需要使用古老的日晷而铭记的事件
那些已只需触摸屏就可以观看时间舞台的硬件或软件
已在无形之中,摒弃了我们的灵魂。而彝良晃动又让我们
回到了灵魂和肉体的恐惧和搏斗中。为什么会晃动
这当然是地球的晃动,脚底下的晃动,整个灵或肉之下的晃动

3

让我们来面对晃动之境的滇东北彝良,这是九月,地壳运动
开始在这土地上颠覆一切,所遇到颠覆的当然是人类的生活
剧烈晃动之后的地球,意味着什么?从雅典的城堡中,曾传来过
苏格拉底与弟子柏拉图关于人类理想国的对话,为了维护生与死的
真理,苏格拉底在监狱饮鸩而亡。三百多年以后,司马迁为了
实现写一本人类之书的愿望,接受了汉武帝时代的宫刑
这就是人类的故事之一,也是被地球之书卷所记载的历史
这历史曾是多么动人,曾创造过青铜器,创造过万物的根须
在这繁茂的根须之下有草原、盆地、高山,有让我们为之倾心的
母语之下,浩荡的春秋之书。沿着滇东北而去,就是一卷卷
漫天飞舞的云絮,就是装在线装书里的彝良
就是繁花似锦中的中国边疆图卷的一隅。那一刻,石头在晃动

城墙在晃动，彝良县政府的办公大楼在晃动，民房在晃动
拖拉机在晃动，农民的饭碗在晃动，诗人陈衍强的诗句在晃动
马车在晃动。啊，晃动，电话线在晃动，移动的时光在晃动
之后，是泥石流，我领教过的我的边疆数之不尽的
一场又一场泥石流，它们通常在睡梦中铺天盖地地砸下来
何谓泥石流？这体现出的是通向地质概貌的一个场景
每一物即通向每一景，之后通向的是语词的根须。我早已感到
二十一世纪的根须在松动，这是潜伏之词，许多东西都在深渊中
潜伏，如同地沟油在下水道中潜伏后，被失去良知的庸商所利用
如同身体中血管的暗流涌动中，潜伏着泥沙；如同灵魂中
潜伏着亲密的敌人。山冈上飞跑着动物圈，穿梭出一幅古老的
原始森林图像，我曾猜想着无数世纪的灾难词典，是否有泥石流
于是，我就回到了七世纪前后的边疆，那时候，群山阻碍着群山
春雨中万物盛放，根茎盘桓着根茎，人心激荡着人心
那时候，没有强悍的挖掘机，也没有疯狂的人类野心
那时候，没有泥石流的词汇，因为千山万水均有众神守候

4

之后，是人类之心的敌人来了。当我倾听到遭遇到
地壳运动后的彝良，我们再一次地不得不接受这灾难之告书
这是九月的一天，这是一年中开始秋花之梦的时序

在相隔很长的距离，晃动之后的瓦砾砸了下来，砸了下来
这是地震，二十一世纪已进入全球地震的高潮期
我们在闭着眼睛或睁着眼睛的时候，都能在人造的空中花架下
感受到剧烈的坍塌声后，是撕心裂肺的尖叫
是阴阳相隔的悲恸。之后，是废墟下的遗骸。之后，是停顿
彝良在地震后又遇上了泥石流，那一天，我在路上
我听到了来自滇东北方向的咆哮，这种声响通常来自音律
只有在音律之中有恐怖的巨哮，有四野的震颤
然而，透过灰蓝色的天宇之下人心的迷惘，透过九月之初
我用《易经》卜占星座之乱，透过我脚下的一片水洼和一只塑料袋的
刺耳声，我已感觉到一股巨流铺天盖地地来
就像汉语铺天盖地地揭示了天地荣枯的漫漫物事
那呼啸过彝良城的泥石流，是怎样倾巢而来的
这是一个隶属于控诉之书的地球问题
这是一个越来越沉重的问题，越来越病入膏肓的问题
这是一个令神灵无奈而失去魔咒的问题
这是一个盘桓来又盘桓去的问题
这是一个从腐朽到腐朽的问题
这是一个令眼明清澈者昼夜以后彻底失明的问题

5

阴晦的开卷之秋色，我心底的满园秋色在哪里
咆哮后的惊心，是一片瓦砾一片茫茫无际的泥浆
咆哮后的草木，伤痕累累唯彝良县境一大风景
咆哮后的白昼之交，密如肌理的灾情汛情覆盖了天苍苍野茫茫
咆哮后的地貌，像棋局像牙龈痛像盐水浇沉疴像神灵失散
咆哮后的水路，唯有泥浆再沉浆再用万顷泥浆倾荡而下
咆哮后的意念，已折断于滚滚巨石而下已折断于深渊下
咆哮后的田野，失去了九月的秋色，失去了粮仓的丰饶
咆哮后的泥石流，穿越了整个彝良县境，覆盖住了满园秋色
泥石流是从哪里来的？这是令整个二十一世纪战栗而忧伤的问题
这是一个纠结于地球核心的问题。当我用右手覆盖左手的时辰
天已大亮，黑暗已撤离，地球是一个巨型的载体，在里面
载满了人类所需要的所有物质，因而，围绕这物质生活
便衍生了战争，在远古的战场，杀戮一场又一场
追赶着黄金白银的宝藏，无数人葬于历史的尘埃之中
地球同时也造就了梦的漫游，那是被磁石所旋转的玄学和真理
无数人为了它们而赴汤蹈火。啊，地球是什么
地球到底是什么？直到我感受到了彝良的地壳运动
所有人都能在这种运动中感受到这是地震
这一场又一场的晃动，迫使人类的心脏受挫，迫使天空之鸟逃逸

而人类又应该逃往何处？我再一次地感觉到了人类的原罪
它不是红色的，红色让人血液畅流，在关于红色的档案中
五星红旗是红色的，木棉是红色的，芍药绣球玫瑰是红色的
它也不是蓝色的，蓝色是让人织梦的，在关于蓝色的梦书中
天空是蓝色的，梦中人是蓝色的，江河是碧蓝色的
它也不是紫色的，紫色是让人忧郁的，在关于紫色的长廊上
裙子是紫色的，爱情之夜是紫色的，秘密是紫色的，薰衣草是紫色的
人类的原罪应该是什么色块？褐色还是黑色
尽管如此，我知道褐色是用来制作人类秘诀之卷的
黑色是用来沉溺让人心制造虚舟来飞行于宇宙星空的

6

在向地球索取黄金白银的时代，当一座又一座远古的风中
吹拂下地的神秘之籽，造就了山上的森林
在水生木、木生火的人类生活中，人的践踏声上来了
伐木机开进了原始森林，探矿者将金属钻头插入了厚重的高山
啊，要有多少个地球才够人类的疯狂去采伐、挖掘？
要有多少人死于矿难才会让人类的疯狂锈迹斑斑？
要有多少座森林死于伐木机，死于人类制造的享乐主义
才会让人心浮生出腐烂？那浮于镜子的腐烂沿镜面向外蔓延
那浮于檀香红木家私的腐烂正瓦解一个人或一个家族的史谱

那浮于保险柜暗锁的腐烂正悄无声息地灭寂着灿烂的芳香
那浮于疯狂和再疯狂的贪婪将断送一批人伟大的锦绣
这就是真理，它永远在前方越过雾霭等待着你
现在，让我们重又回到泥石流中去
重回到那场埋葬十八个中学生和一个村民的泥石流的现场
在之前，我们是否在春天祈雨时预感到了水越来越像眼泪
在之前，我们是否用身体的垂危测试到了不稳定的磁铁的明暗
在之前，我们是否透过不断生锈的肌理感觉到了地球的暗疮
在之前，我们是否一次次地梳理过人间天上的尘土和云彩
在之前，我们是否控制或掐灭过去那些疯狂占有的魔之念头
在之前，水流得越来越慢的时候，也是树木殉难的时候
在之前，推土机剧烈轰鸣的时候，也是岩层遭遇切割术的时候
在之前，满地的契约之书生效时，也是地球被掠夺的时候
在之前，当黑暗中的交易签署，也是大地布满灾难之昭书的时候
在之前，当诸神们云游时，地球之心灵已失散于妙律之外

7

彝良县龙海乡镇河村油房村就是这地球上的一个地名
2012年10月4日8时10分，轰隆声中的泥石流朝着
十八名中学生倾斜而下，再倾斜而下再倾斜而下再倾斜而下
4.5万立方米的滑坡，将淹没十八名学生和一个村民

啊，这个清冽的早晨，我预感到了什么？所有中国公民
都沉浸在拥挤不堪的、汗淋淋的旅途，漫长的跨境之旅上
涌满了沉重行李箱和护照上的头像，不同的身份证签约着
这个地球上最困惑而疲惫不堪的长旅。在国家版图线路上
蝗虫似的旅游者们，寻访着前世和今世的荣辱之地
寻找着理想主义的乌有之乡。这一天早晨之前
是否有人预测过了这场灾难，有当地村民已看见了裂纹
尽管如此，这个世间到处是裂纹和暗川，就像二十一世纪之躯体
到处是血管堵塞、癌变和阵痛。裂缝对于我们来说
已是一顿早餐中的佐料，对那个村民来说，就像看见蛇盘旋而去
啊，那尾眼镜蛇沿斜坡而去，很快就模糊了村民的视线
地质灾难前的种种信号已经被沉重的生活奴役了
这是空前未曾有过的奴役，像一次性使用的纸杯和中国筷子
那么快地就变成了垃圾。像人的翼肌飞起来必折断
因为中间是水泥钢筋，中间是银行和医院，中间是驯兽的动物园

8

十八个中学生和一个村民遇到了滚滚顺流而下的斜坡
遇上了来不及尖叫就湮灭的劫难。松动的地球，因为树木
被移到了人造公园而松动，巨大的山体滑坡像愤怒的交响曲
已失去了灵魂主宰者，已在劳顿的山河变迁中失明

它们来了，用咒语铺天盖地而下再铺天盖地而下
在风华还未展露的十八名中学生的名册中，我寻找到了钢笔帽
寻找到了泥浆中的两根斩断的辫子、纤长的女孩的腰椎
男孩的腿。女孩们的腰椎正值成长的年景，多年以后
她们将变成追赶蝴蝶的美少女。男孩的腿同样在增加天地之韧性
多年以后，他们将比麋鹿跑得更快。而那个村民他抛下了
秋天的谷穗，抛下了村庄里的菜畦、坛子里的盐和辣椒
十八名中学生和一个村民就这样葬于4.5万立方米的滑坡
这样的滑坡还有多少？还有多少裂口等待着滑落
从晴朗天空和黑暗深处的滑落到底有多少区别
有时候是从一面向阳或向阴的山坡跌落下去
像一架演奏中的乐器遇上了厄运而向外跌落
我听到了黑色的乐器们控制不住身心在四分五裂
我看见钢琴在滚动，排箫、长笛栽倒在深沟中，大提琴跌进了峡谷
我看见了那些人类最为古老而悠久的乐器在巨大的震荡中
失去了最悦耳的共鸣后，躺在地球的深处哭泣
有时候是一座山冈在朝下滑落，下面是临山的村落
这样的时刻，仿佛上万匹野马疯狂地奔涌而下
又仿佛是成千上万的幽灵嘶叫而下
桃花村、柳树庄、黑桃堡……这些用树木命名之村庄
刹那间就在滚滚而下的地质灾难中消失
所谓消失，也是一个我们现实中常用的词汇

当银行耸入云层越高的时候,动物圈在消失
无论是湖海里的鱼群还是天上飞的禽鸟还是地上跑的猛兽
都在人类的追杀中消失。这些狂奔飞翔中的生灵
在古老的渊源中,曾被先知们喻为神兽神鸟
当人造的商品耸入世界的豁口时,河流将因改道而萎缩
植物的捕手们来了,因为疯狂和贪婪是二十一世纪最严重的沉疴
当实用主义拜金潮流像炉火般焚化人心时
一首名曲在消失后遇上了媚俗不堪的喧嚣
一座村庄在消失后遇上了黑色的聒噪
一代祖先的宗卷在消失后遇上了一次性使用的魔爪
啊,这是一个消失的时代。滇东北彝良县城的原形风貌将消失
彝良诗人陈衍强书中诗歌隐喻的翅膀将消失
十八个中学生和一个村民的锦绣年华将消失

9

我又睁开了双眼,满眼是破碎中的秋色
满眼是移动的秋枝的凋零。再过去,就是滇东北彝良
从九月到十月,我的心一阵惊悚再紧接着一阵惊悚
之后仍是惊悚一幕紧裹一幕。就像我一生中在窗外总能看见的
紫薇树在秋瑟中的凋零,观望那树中紫色花冠顶的时间
曾消磨尽了我一生中最漫长的时光,此刻,在窗外

那令我心碎的紫色冠顶正值秋色萦绕之时令,每个时令
必灭一物,必诞生另一物。秋风是用来招魂的
也是用来灭旧梦的。被招魂者有梦中锦书和一匹匹古往今来的
丝绸,它是用来取悦年华的。被招魂者有大地的秘笺
它将重新笺注那周而复始的心灵,而我此刻的心灵之笺注
已到了滇东北彝良。被招魂者中的我,仰头观看紫薇的冠顶
那一阵阵又一阵阵的凋零声声啊,我看见了灭旧梦的神已光临
啊,众灵已光临。尽管窗外是满园的紫色落英
尽管从九月至十月的秋色之笺注,已注满了彝良县境内的灾情
尽管泥浆仍环绕着那座城,十八名中学生和一个村民再无气息弥漫
尽管惊悚之梦未醒,紫色冠顶已萧瑟殆尽
尽管我身下的地球,已用尽了乾坤用尽了紫气用尽了瑰宝
尽管我将在某一天午夜在星光灿烂时死于心碎

10

今天,在我挣断梦之黑暗和梦中人的逃离之后
我重又回到了窗口,每天坐在这里的我,观云图,测风向
千山万水与我的眼帘相遇。今天,让我写下这些笺注
请相信一个女诗人的箴言,请相信出自灵魂的这份告白
是汉语的笺注,也是神秘物事的倾诉和絮语
将重建彝良县城的图纸铺开前,请你们听一听一个女诗人的声音

请在使用现代化图纸之前重温一遍来自先知和祖先们的魔咒
请在蓝图中为孩子们留下足够多的幻想之翼的天地
请在原泥石流凝固的坡街上留下雕塑用来铭记灾难之时辰
请在面朝视野地方为百姓留下眺望到宇宙星空的位置
请在使用水泥钢筋的时候同时使用人心所披靡的风水图像
请在有坡度的果林中建造图书馆和博物馆使其历史绵延
请在幼儿园的用地范畴中注明童话世界的面积
请在一条街景中保留原彝良县境中的风物图像传说
请在一座花园中用青铜铸十八名学生和一个村民的遇难图像
请在有星空照耀之时，有书卷般铺开的河流环绕县境
请给予彝良诗人们在黑夜深处吟诵的神秘长廊
请建造庙宇，建造巨大辽阔的心灵圣殿
请使用纯洁的词语和图纸的想象力以驱赶地球的未来之魔
请接受这些诗歌和忧情弥漫让我灵魂漫歌于你们的土地
请让世界看见众鸟飞翔的滇东北彝良新城的灵魂纵横图像

2003 年初夏的诗

否　定

我要如何否定，才能把游动感
从我体内移动出去，才可能把我的
双踝从暗影中拉出来，一个黄昏
就像一尾鱼穿行在我的体内

这是一个瞬间，比一个昼夜要短得多
旋转中的丧钟，把我们的生命困住
一道十七世纪的木格窗，旋转出手掌的花纹
在云南西部，妖冶的花开得无比灿烂

我在否定被一个梦萦绕时的虚无
假定我在奔跑，已经奔跑到了水边，井栏外面
假定我在拒绝，已经拒绝了面对一朵花时我的枯萎
假定我在说话，我的声音已经否定了不存在的关系

关 系

脚与脚的暗影对峙着,这是午后
一个特别的时刻:沉闷而令人昏沉
我拎着一只箱子,一只空箱子
我的历史已经澄清,我的行囊已经变轻

用不着说话,天气就会变明朗起来
用不着回避,寻找你的人已经离去
用不着抵触,忧伤里的蚂蚁就列队迁移
用不着誓言,他的身体就会更深地留下烙印

午后,一个升起帐篷的日子
把栅栏一段又一段地分割开去
我们的历史也就是阴影飞来又消失的历史
午后,一道秋千在滇西的慵懒中荡起来

四月最后的慵懒期

四月最后的慵懒期已经离去
躲在慵懒中,不咀嚼也不回忆
把慵懒的身体倚在离大海很远的山冈
整个世界只剩下了一座山冈的位置

四月最后的慵懒期,一个黄昏
正在降临,我站在烤香烟的房子里
看见了迷乱的金褐色,看见一只蝴蝶
因此失去了与我的手足之情

四月最后的慵懒期,催促我出发
箱子里已经生长出一朵白色的蘑菇
四月最后的慵懒期已经离我远去
山冈上的白云移动着,仿佛移走了我的慵懒

直抵午夜的蝴蝶

幽蓝色的身体散发出暗香
直抵午夜的一只南部蝴蝶
仿佛刚刚经历过一场葬礼
它的气息幽沉,直抵墙壁

在墙壁上飞翔,把一面镜子震荡
直抵午夜的蝴蝶,今天选好了日子
把自己的身体变成了镜中的标本
可以与镜子一样展览自己的身体

直抵午夜的蝴蝶,永远地留在墙壁之上
停止了飞翔,这种宿命
仿佛每天在左右我的生命,而那只蝴蝶
正展览在我的墙壁上,审视着我

咀　嚼

今天早晨就开始了咀嚼,比昨天
要提前五个小时,比起十年前
要提前三个小时,燕麦和水溶为一体
把牙齿的旋律感提高了一倍

柔软的咀嚼期是多么的漫长
突如其来的影子,占据了小屋
热烈的向日葵,纠缠人的栀子花的影子
都在我咀嚼的时刻干扰心灵

心灵曾经是石榴,我十二或者十三岁时
已经在石榴树下剥开淡青色的果皮
心灵曾经是仓库,既有蜘蛛飞舞,也有一只蝙蝠
沿着墙壁纵舞,渴望飞出去

来吧,密友

下着细雨,云南最西部的一场细雨
淋湿了最干燥的树枝,淋湿了燃烧的火堆
淋湿了我像蛇一样失去了的方向
来吧,密友,到我的双膝前来寻找一条小路

最里面一层的树枝已经全部淋湿
就像身体最里面的一层衣服湿透
只有乳房才可以晃动,催促我们把旋律听见
只有用手才可能触摸到乳房,它属于我的密友

趁着天越来越黑,舞越来越模糊
来吧,密友,趁着眼睛已经变得越来越明亮
打开一只盒子吧,来吧,密友,把我的新秘密
展现于你,在细雨中,我的灵感像树一样已经发芽

消　息

有消息从石缝中，沿着一个人荒凉的
脊背飞舞，到达了我的耳朵前，此刻
我的手中正修剪着一枝玫瑰，我听见的
消息中，有一个人正转动着一只风筝上了天

中午，我遇见一个牙医，他的嘴嚅动着
告诉我天气变晴朗了，如果修牙就在今天吧
所有的变迁都在今天，此刻，我走着路
到昆明南部郊外的新居去看燕子，筑巢时的一瞬间

沿着一个人荒凉的脊背飞舞的，是与一个人的
离开有关系的消息，是关于一个人是死去还是
活着的消息，许多未来难以描述过的图景，今天我都
已经涂鸦过去了，它是既荒凉又甜美的一种消息

午 夜

我通常习惯把所有的问题都堆集在午夜
直到我解开所有枷锁的时刻,我坐在问题前
面对着高远的繁星,旁边是小溪流动
我问繁星,那些生活中的问题是解开了还是抛弃

在繁星下,我竟然睡着了,这是午夜
我睡得香甜、满足,有一种把世界遗忘的感觉
所有来路不明的问题,都被繁星映得一片透明
再也用不着头疼或者失去方向

午夜解开身体中沉重不堪的负担
一种温柔悄然无声地,犹如泉水喷溅
如此简洁,包括我的肉身,都只是一种树枝
或落叶,只有我仰望的繁星姿态不变

肉　身

诗歌从肉身中溢出,寻找着酒杯
这已经是很久以前的事情,肉身坚持不懈地努力
终于把酒杯中的影子触摸到
纤细有韧的影子,倒立在荒凉的西部高原

蚂蚁也好,蛇的纵横交错也好
都在忙碌于为肉身的希望而活动
在这种不可篡改的宿命面前
诗歌的前景从肉身中发现了明亮的前额

即使被暗淡无光的皱纹交织也不会惊叫
置身在午夜枝头的鸟从不叫喊
奇异的力量抑制住了叫喊,诗歌从肉身中溢出
寻找着酒杯中的暗影,它也许是一道目光

最荒凉的不是荒原而是舌头

一片荒原只沉吟片刻间,溶入了
瓮中去,在瓮中的水波中荡漾着
最荒凉之景不是荒原而是舌头
舌头卷起来,为一只鸟的坠落而荒凉

舌头再次卷起来,为一片羽毛滑落了身体
而荒凉;舌头再次卷起来时,一群幼鸟出巢了
幼鸟们的幻想之翼,感动了舌头的力量
即使是最荒凉的声音也会落在尘埃下

最荒凉的不是荒原而是舌头
诗人用舌头卷起来,度过了一个瞬间
转眼之间,已经度过了一世
转眼之间,已经为一只鸟的滑落沉吟了一生

昆明最南部

昆明最南部就在海埂的旁边，几个世纪的
海草越来越茂密，肆姿无边的姿态
像女妖一样蔓延。我的写字台就在旁边
我的厨房就在一片水草中颤抖

多少年来时光已经耗尽了我的听力、嗅觉
到了四十多岁，在昆明的最南部只有心灵最敏感
现在，我可以在水草中继续遗忘
把手中的许多箱子一只又一只地沉落水底

明洁简朴的肉身，达到了一种最佳的状态
我的蓝墨水，我的脖颈，我的银手镯
迎着时间之网而上，昆明最南部
我将度过我的下半生，在水草缠身时跃出体态

她的喑哑声

经常发出喑哑声音的女人
只隔着一条河流,去追逐一群候鸟
她从不尖叫,她与生俱有的喑哑期
如此漫长,感动了一群候鸟

从不远离她视线的候鸟们
伴随她的身体周旋出去
她的阵阵喑哑之声,从候鸟们的落巢时刻
吸取了根须的诀窍

不会被别人的尖叫声所破坏
她的喑哑声长出了一对翅膀
可以依傍着鸟的游动而上去寻找耳朵
可以被一个知音的耳朵变奏出白云飘荡

知 音

我诞生的时候,紧贴一棵石榴树
那花冠的金红色,象征着热情
环绕着我的影子,犹如一个人
递给我一盒火柴,照亮了旅途

蹒跚着,移动在亮晶晶的栅栏身旁
一双手再次递给了我钥匙,我闪身
掩门,打开锁芯。在人类问题的中心
我沉浮着,像一只石榴一样被剥开

当我害怕、战栗,身体或高或低地在飞翔
一道影子,浮入了半空,我感觉到呼吸轻盈如风
我感到空中弥漫着天堂的音乐,我感到
死亡也不过如此,像出生一样明媚

滚 动

从乌云的滚动中,我看见了但丁的影子
往上而去,披一件披风,遮住黑暗
我在乌云的滚动中上台阶,想追赶诗人但丁
一路有雷霆、沙器,镜子比从前更明亮

但我自始至终都无法追赶上诗人但丁
我止住步,站在台阶中途
栖居在一座旅馆,半夜,乌云再次滚动着
我撑起了雨伞,旁边是我的知音

人的脸在雾中升起,在乌云的滚动中降临
旁边是一座石灰岩,是一棵树
旁边走来了卖给我土豆的农人
旁边映现出了培植玫瑰花园的园丁

生命需要一件披巾

我终于如愿以偿,住在了城郊
我住在风口,海埂的田野上飘荡着风
我披着一条披巾,红色的、墨绿色的、橄榄色的
变换着颜色出现在南郊的田野上

在披巾贴肩时,给朋友写信
贴着邮票,写上我的新地址
归根结蒂,花在开,花在凋谢
载着我消息的不是邮筒而是一辆马车

生命需要一条披巾,这是我的 40 岁
我已丧失了 18 岁、30 岁
我已经在幸福时和不幸福时打盹
我已经把一种钝器改换成一把乐器

我站在窗口难受

我站在窗口难受,无人能够理解这种境地
我为我的老母亲难受,她 74 岁了
然而,她仍固执地想承担四周的黑暗
在窗口,我站了许久,想把一只沉重的瓮落下

窗口外有一些风景已经发霉
我的胸口一阵发闷,一阵焦虑
维系我生命的事物中有一口水井
有源源不断的水喷涌而出

我站在窗口难受,这种尴尬
使我戴上了一顶草帽出发
雷雨之前我会奔赴出发
我会站在漆黑的铁轨上,回头看见我的月亮

献给独克宗古城的十四行诗

古城
独克宗

1. 公元 640 年的春天

公元 640 年的春天，我气喘吁吁地站在你身边
当你用弓弦和箭镞搭起了日光之城的城中魔宫时
相思已在我体内如暗流涌动，它使我舌干燥，语艰涩
天辽阔，地上弥漫着春天的香草之气息

公元 640 年的春天，我把手伸进一棵杉树
在我触摸鸟巢时，太阳的温度使我喊出了你的名字
你的手，你的弓弦，你的箭镞，你的风水，你的石头
顷刻间轰鸣着，发出世间未曾有过的一种旋律

公元 640 年的春天，第一件大事已经接近尾声
我跑遍了你周游的那个世界
我被你造日光之城的风水撼动，击倒在日光之下
眩晕的美感一次次使我昏迷不醒

那一年我年仅 18，是途经你日光之城的一名少女
由于你，我留下来成为你的奴，成为你的心腹之密友和女人

2. 在独克宗古城的原形世界里

在独克宗古城的原形世界里
保存着烛光、青稞和荞麦的一波三折之光芒
在坡的月光城中央，那里面的颂唱
使发黄的牛皮纸《史记》不断地弯曲后再铺开，如褶皱之美

犹如我在你垂临时，看见你昔日的水泽之国
那些鹤，翼翅柔软，如你体腹内纵横出去的江河
在独克宗古城的原形世界里
如褶皱之美的江河沿着日光城的胸膛流淌出去

沿着你儿时使用过的幻觉之念和藏式迷宫的楼梯
我来到了底处，那些体味中最温暖的光焰
使我双颊灼热，使我内心着了火，使我着了魔
在独克宗古城的原形世界里，你使我着了迷

自公元 640 年以后的纪年，不断地在水火交融中死去活来
在独克宗古城的原貌，保存着我和你在公元 640 年秋天的相遇

3. 公元640年秋天以后的黑颈鹤在城外拍翅飞行

如今,你镜头里面的黑颈鹤
在月黑风高的夜晚,阻止了我奔向你的脚步声
两只鹤远隔泽国在对峙,前景多么渺茫
迫使我回到公元640年秋天以后的那个夜晚

水那么蓝,蓝得让我患上了相思
水那么清,清得让你不肯松手让我走
我又回到公元640年秋天以后的夜晚
那个世上最孤寂的夜,犹如一只黑颈鹤在拍翅飞行着

犹如一只苍凉的黑颈鹤失去了爱侣
绕着独克宗古城的万千烟尘悄悄地飞翔
犹如你掐灭了灯烛的最后一点光亮
使我在人间的独克宗古城享受到了最美的情爱

当公元640年秋天以后的黑颈鹤在城外消失以后
我的生死轮回使你又一次面临着爱之迷惘和惆怅

4. 替你复述独克宗古城前夜的女人回来了

我陷进去了,陷到了你古老王国的前夜
风从古堡中呼啸而来,风是那样扑进衣领的
风是那样扑进肉体中去的,寒冽迷茫的黑暗中
我钻进了你怀抱,再也没有出来

那古老王国的前夜中,我陷进去了
面颊那样灼热,心跳那样慌乱
远方的古驿差捎来了一封家书,那样遥远
在孤寂而又喧闹的独克宗古城我陷进去了

垂帘之下的无际泽国有音律,拍击着薄薄的冰块
在如履薄冰的光阴里,我爱你那么深
我爱你那么艰难。万千苍茫锁住的心宇
像被月光城堡中的上千只已经失踪的乐器撞击着

那古老王国的前夜中,我陷进去了
于是,我来了,替你复述独克宗古城前夜的女人回来了

5. 独克宗古城的夜色漫游着

现在,独克宗古城的夜色漫游着
铁匠、刺客、盲人和舞伎交织在已逝的牛皮纸书的前夜
那夜,牛骨头散布在城堡的角隅
马啸声告诉我,你回来了,已来到了日光城的城门

那夜的击鼓声使整座城堡产生了弦子舞
那夜的月光使你我的相遇,罩上了千年的爱之光
为了取悦你,我戴着骨项链
在纷扬的银色雪夜中,赤足为你献上了锅庄舞

亲爱的,为了取悦你,为了爱上你
我用层层的陶土染红了我脖颈以下的整个身体
这样一来,我就是月光城堡中你膝头下最忠诚的仆人了
夜夜有铃声过来的独克宗城啊,带来了一场又一场战乱

亲爱的,在独克宗的夜色中,那一夜
我放纵了自己,我成为你的膝头下最知心的女奴

6. 一千三百多年以前的一个拥抱

每当刺客经过我身边,一圈圈不测的风云必将升起
每当舞伎们飘来,则会带来商队和马帮
每当驿邮策马飞来,必将有惊心的消息降临
每当雷霆在天边滚动,雨雪则会加速生死之谜的循环

而你一旦降临,则会使整座日光城蒙上日月相交的光辉
马啸声再一次告诉我,你已经回来了
亲爱的,你的长旅生活终于结束了
在城门口,我的双膝因长久守候而僵硬

在以日或月划分白昼和长夜的时间里
一千三百多年以前的一个拥抱
使我在一千三百多年以后的今天寻找到了因果
那一夜,我也许是你的,一只野狐、一头水妖、一个仙女

亲爱的,亲爱的,独克宗古城的光阴
已在我的吟唱中,使我声音沙哑,使我失去了原来的容貌

7. 在独克宗古城的地理符号当中

在独克宗古城的地理符号当中
审美来得那样沉重,又那样步履艰难
石头上斑驳的花纹,已被蚀空了最神秘的一根线条
摇晃的悲伤,在高高的雪山上缥缈如云层最纤细的眼线

针一样细的豁谷,是从前的王出入的梦乡
牛皮鼓击得越响亮,离千年前庆典的前夜就越来越远
周而复始的歌唱沉入峡谷,使整个梦乡蒙上了烟雾
而一旦我所思念的王回眸看我一眼,所有的前世都会复苏过来

在独克宗古城的地理符号当中
潜藏着阴阳的水土,它们适宜帮助人类生活在低处和高端
抓在手掌心的那团磁铁,是亲爱的王拥有的王国
放在城堡外的那些仙鹤的足迹,是地理当中最幽亮的光线

只有在爱上你的时刻,所有地理学的审美
才会变得越来越明亮。随之趋近我的是另一座复杂的迷宫

8. 驿邮经过的一千三百多年前的黄昏

策马过来的邮驿,带着倦意和尘土,带着身体中
暗藏的险恶,那是途中无法湮灭的惊心动魄的经历
他终于找到青稞酒,找到了下榻的驿站
找到了城堡中不可侵犯的王的藏房

驿邮经过的一千三百多年前的黄昏
如此的平静,仿佛庆典以后的寂寞
那是一只黑颈鹤飞行之后的寂寞
那是月光城的王被月光笼罩以后清凉的寂寞

驿邮的脚步声穿过了殿堂,穿过了地心轴的神木
穿过了银饰的土布帐帘,穿过了塔尖外的风云变幻
穿过了王等待中乌黑油亮的石板中央的幽亮
穿过了时间烛芯即将灭寂的那团余下的声声慢慢

一千三百多年以前的一个黄昏,驿邮带来了
一场即将撕开的人间最漫长的战乱

9. 独克宗城堡外的马蹄声声

屏障中层层的荒凉使马蹄声声越发清晰
缭绕在胸前的那些往昔,那些战乱的流沙
仍在我们的回忆中纷纷扬起,朝着那分分秒秒的颂唱
朝着那些抑制住的衰亡,暴露出了玄妙的历史

在独克宗城堡外的马蹄声移近梦乡时
沉重的历史裹挟在最轻柔的流水之下
使我又一次抬头看见了你,那一夜
你无限俊美的脸,让我铭记了日光城堡最灿烂的图像

那一夜,茫茫变迁中的事态使我们松开了手
从那一夜过去,历史已经穿越了千年的黎明和黄昏
那一夜,你的体温保存在我的身体里
无奈的隐忍和时光的摧残从未使你消失

那一夜过去,暗发的恻隐以及呼啸的暴风雨
使沉甸甸的往事变得坚韧,变得悲壮

10. 我所迷恋的建塘杰布遗址上的那团炽热

迎着秋瑟以后的第一场细雨,那些泥沼中
有刀光剑影所挡住的一种遗忘。人,之所以忘却
是因为产生了伤口。直到如今,我依然看见
杰布王,承担了一世的伤口,像雪域上的花朵

像雪域上的花朵那样艳红。直到如今
环行不已的建塘杰布遗址,因为避开了一场战乱
从而寻找到了一种极乐。迎着细雨中的剑和盾牌
所侵蚀的台阶,我怀念杰布王所纠缠的炽热

那团被杰布王的一生所纠缠不清的炽热
仍在今天的建塘杰布遗址上环行地升起
在终极的时光和无常的生死轮回之间
杰布王身体中那团不朽的炽热熔炼出了青钢剑影

我所迷恋的建塘杰布遗址上的那团炽热啊
在寂寥已久的曙色中缓缓地涌上了我的心头

11. 杰布王熔炼青铜剑时的秋色已西移而去

秋色又西移了，随同寂寞的杰布王的脚步声
那脚下发出了旋律，使炭火越发地通红
随同杰布王站在石头城堡中渴望说出的那个梦幻
那些冷杉树下上千的梦幻使拂晓一片战栗

杰布王熔炼青铜器时的秋色已西移而去
已在我的漫游中重现了当年的场景
那炭火，那磁铁，那迷宫，那谜底，那种孤独
像正在祈福中渴望听见众鸟的啭鸣

如今，纵火时的灰烬已经将蓝色的指针消磨尽了怀念
噢，无法忍受的怀念，犹如漫长的熔炼之夜
犹如杰布王的青铜剑已经在浩瀚的寒冷中
消磨尽了王者的荣誉。只有那秋色好像仍在指尖中呢喃

亲爱的，只有你送给我的那笼微火
仍在帮助我怀念青铜剑的忧伤

12. 在寒露凝固的人世的梦魇破译出了……

早晨,寒露把昼夜、水火、金属和剑锋
再一次送到我眼前,必定有一个暮色
收藏独克宗城堡那些梦魇以后的惊悚
那些惊悚由不速之客带到了日落之际的城门口

从星球来的人,从中原来的人,从情爱之夜来的人
从忍冬花的芳香中来的人,从硕岗河以外来的人
从白茫雪山以外赶来的人,从纸牌上奔来的人
从画廊、天窗、暗房、星空和图书馆的逸闻中来的人们啊

今天汇聚到忧伤的独克宗古城之外的
青铜剑的影子,已经凝固在寒露上的梦魇深处
西沉的太阳,无力撼动那个已死的杰布王的幻影
而在幻影的幢幢中,我分明已经感知到了又一次偶然

在寒露凝固时,人世的各种梦魇破译出了
那唯一的密码鸣影,直到如今,我仍然生活在你先人的足迹里

13. 亲爱的，我仍生活在你先人的足迹里

凡尘中，再现出七世纪的疆域
亲爱的，我此刻生活在你先人的足迹里
同他们一块在奇异的城堡中央
蹒跚着，赋予了惶惑的日子以新的痴迷

我同你的先人生活在石头上升起的金色薄雾中
此刻啊此刻，那些蚀损过先人面孔的时间
也在觊觎着独克宗山下的那条暮色的江河
世代流传的日月之光焰反复地再现出你父亲和母亲的面孔

逸事，爱情的反复无常，以及森林中奔涌而出的
那只岩羊的足迹，湮灭过你先人们的传说
噢。那些暗绿色的檀木，那只锁上又拉开的暗盒
是你父亲的父亲们涉过汪洋用生命收藏的真理

怀着对你的一往情深，怀着对你先人的挚爱之情
我有理由，深入你的体腹，去追踪那只消失已久的仙鹤

14. 吐蕃人占领大龟山的前一夜

吐蕃人占领大龟山的前一夜是那样寂静
柴火正在铜壶之下发出温暖足踝的火焰
那一世的轮回之火焰直到如今仍在我膝头外缠绕不息
那前一夜,独克宗人正在春天的枕头上破开了雾幔

而此刻,工匠们上山了,用马尾巴结成的测量术
抛在大龟山明亮的高端,又溶在低洼的水壑中
到处是野心弥漫的宣言,那些从牛角的撞击声中
散布到安谧的独克宗城垒上的宣言声啊,是吐蕃人的理想

那前一夜的枕前,你父亲的父亲和母亲的母亲们
枕在用荞籽制作的枕芯中央,谁也离不开
那种哀歌中的思念生活,谁也无法在一个永无止境的
迷宫中,用时间,用肉体,确认大龟山的未来

只有锲而不舍的生活,表达着他们的梦境
只有将要抵达或必须抵达的生活言诉着内心那团焰火

15. 献给文成公主的爱情

当你离开唐王朝的王宫时,天蔚蓝
像你心头那束阳光,是时间中怒放的阳光
像你捧在手心里的那束蔓菁种子上浮动的阳光
它们使你的美貌正在经历着世事无常的一种环行

马匹、大米和茶叶是现实中的嫁妆
你抬起了忧伤的眼睛,转眼之间,你已经肯定了
在不同温度、光线和旋律的两个世界里
缘分带来爱情的王已到了面前,已揭开了你的美貌之谜

你一世的爱情就这样面对着这个男人敞开了
随着岁月的流逝,你的传颂已经在美轮美奂之中
获得了永生,而你在一阵阵袭来的石头王朝的艰涩中
熬过的那些岁月,那些叙说神秘莫测事件的岁月已被你带走

你的爱情,使我感受到了漫漫岁月中忧伤和痛苦的迷茫下沉
在你身体的故事里,你描绘出了一个王朝的衰亡

16. 夜已深,我又一次贴近你的体腹

这体腹以上的面积,是受到侵蚀以后留下的
渊源,在磁铁的圆片里,依稀有惊雷滚动
染红我羽翼的一部分,那些类似紫檀和桃花心木的
乐器一经你手触抚,就会弹拨出一幅迷宫的往昔

夜已深,我又一次贴近你的体腹
公元七世纪已过去,奇妙的宇宙,记忆的忧虑
使寒冽中涌现的剑和竖琴,蒙上了莫名的悲伤
夜已尽,光芒四射的古堡中,我在你体腹外炽烧成灰烬

像公元七世纪的古堡幽灵,我又一次以姿态
以缠绵的身体,忘情地在你体腹之下的江河中老去
经过衰败的时间之折磨,经过你爱抚之手的移植
我是你梦幻无穷的王国的一只野狐

夜已深,我又一次贴近你的体腹
那温度让我痴迷,那蹉跎的江河让我悲伤

17. 又见公元七世纪的吐蕃人

又见公元七世纪的吐蕃人,他们在石头城垒下开始了
独克宗历史上的公开的炼铁事件
从白昼爬往长夜中的寒霜,又白又灰蒙
依稀感到舌尖触到的一团铁雾

那团铁雾,使指尖圈住的光阴布满了乌黑的口腔
如今,在龟山上,仍可以在尘土下刨出一块吐蕃国年间的锈铁
那些锈迹中晃动着一个消失的口信
那片迷乱中,你的先人们像鸟一样迁徙着

又见那座龟山蜷曲流泪的晨唇
吐蕃人给独克宗带来了冶金
带来了早期的贸易,带来了古老的桥梁
同时带来了一场经久不息的乱世

又见公元七世纪的吐蕃人
使用揭穿花岗岩石的咒语,形成了晦暝的历史

18. 春天回到了独克宗往事中最神秘的一天

离开你以后的夜晚,像是满腔的热血
遭遇到了冰霜。只有回到独克宗王朝
那些卷宗疑案才会让我重新回到那个春天
春天来了,春天回到了独克宗往事中最神秘的一天

那一天,僧侣、伊人、流亡者和琴手
会聚在铁灰色的石板路上
仿佛被一种莫名的约定所引诱
裹挟在人群中的我,就是你前世的伊人

就是在这神秘春天中消失的伊人
就是那桩春天的疑案中失去生死之谜的人
如今,春天让我找到了你,春天又让我回到了独克宗怀抱
春天又让你找到了你的伊人

春天又回到了独克宗往事中最神秘的一天
死亡无法制约爱的又一次轮回

19. 灰蒙蒙的光阴消磨着我的年华

阒无一人的城角隅,是谁伴随我的蹒跚和惆怅
忍住了难以忍耐的孤寂,那些独克宗城隐秘的、战栗的
来自黑暗饥渴中的岁月的深渊,是谁伴随我,赐予我
触动那些深渊中灵魂的权利,是谁吻遍了原初的女神

灰蒙蒙的光阴消磨着我的年华,灰蒙蒙的日落处
是谁正在设法让我通过那里的街隅,看到日月城堡中
欢乐的容颜;灰蒙蒙的光阴衬托出的一个逆境
如此美妙,像我们长吻时的雾露中的甜蜜

尘埃、牛头、号角以及夜复一夜的碰撞和等待
是谁给予了我血液里再生的吻,那吻迹
使荫翳中的花朵由衷地再次怒放
亲爱的,亲爱的,我最最亲爱的独克宗城隅的一角

消磨着终古常新的我的年华和你的年华
消磨着一切挫败中的辛酸和狂喜中热泪盈眶的日子

20. 我看见了独克宗城隅一头金色的云豹

那头云豹的头颈形似圣殿的一道拱门
那座圣殿出自青铜剑远征时仰望的隐喻
那头云豹巡视在独克宗的时间已经遥远模糊
犹如日酷夜寒时的沙粒蒙住了我们明澈的眼睛

冬天，我看见了独克宗城隅一头金色的云豹
体态间的曲线悄然间已经向我们展现了另一种原形
那纵横在魔法中的一个往昔，沉重或轻盈间移动的往昔
使我们的梦境盘桓和无法寻访到原乡的魔力

金色的云豹出入于魔幻的往昔，出入于孤独、咆哮、疼痛的往昔，出入于我们视野中到过的未曾进入的原乡。
顿然间
我看见了云豹的喉头隆起，像独克宗城隅之外的群山
像灰色的、褐色的、石榴色的、青稞色的丝丝水迹

顿然间，那种温柔灭绝了我的一切视线
那温柔随同孤寂的云豹慢慢地云游着独克宗所有的往昔

21. 有彻骨的寒冷穿透了足踝以下的石板路

那一夜，我不再梦见恺撒，也不再梦见秦始皇
从无以计数的道路的旅程中走出来，已经到了独克宗古城
这是我经常感受到的纬度，那些寒冷
穿透了足踝以下的石板路，那些从伏尔泰《风俗论》中
弥漫的气味扑面而来

没有明确的一种尺度直通到独克宗往昔的幽径
那些幽径让我想到通往耶路撒冷的长度
通往叙利亚和埃及的荒漠。那些铺上花岗石的幽径
使我的足踝犹豫，使亡灵人云集的城池承担了后世的迷蒙

有彻骨的寒冷穿透了足踝以下的石板路
让我想起最亲爱的王的温良习性
想起他超凡的理解力，以及像空气般的纯净的胸怀
在混乱的时间程度中，我的年华倾向于他的存在

他的存在暗喻着一种自然所赋予的决定
类似美德像独克宗古城的转金筒一样礼赞着生命的转瞬即逝

22. 中途，一个从偶然开始的历史中的飘忽感突如其来

中途，疏漏中的，已经像蜜一样渗出的甜或盐一样的咸
渗入舌尖，这是一个偶然。不确定的寒风从哪里来
自然会回到哪里去，这是偶然中的必然
今天下午，沉浸在这种阴郁万千的盘桓处，我等待着新的前兆

在中途，在独克宗城池的外围或者昔日的版图上
遇上一只鹤并与它朝夕相处，是一种美好的生活
永恒不变的事物中充满了煎熬和寂寥
在中途，再次与一只鹤相遇的我在它的羽毛下忧伤了很长时间

在中途，遇上了庆典的筵席，遇上了爱情的故事
这就是独克宗古城的现实。沉浸在它独异的味道中
并敦促着自己迷惑的心灵，不断地往前走
继续在寻找一座城的灵魂时，同时也迷失在自己的灵魂中

中途，一个从偶然中开始的历史中的飘忽感突如其来
像风，在我的怀中拂动，像鹤用翼碰撞着我的身体

23. 当木氏向着独克宗古城出发时

那样一个夜，黑得看不见手指头
柔软和坚硬的手指头在眼前晃动
柔软的舌头也在天地之际伸进伸出
终于，木氏土司向着独克宗古城出发时的旋律加快了

金沙水畔的水旋律在朝前涌动而去
木氏土司像所有历代想占领独克宗古城的人一样
带着信使，带着铁器，带着附身符，带着心形指南针
进入了独克宗古城的一个角隅，那里刚好一只酒坛被人举过头顶

直到如今，我仍然能看见那将酒坛举过头顶的藏人
他是谁？他是谁的男人？他是哪个女人的情人都已不重要
重要的是他举过头顶的酒坛，引诱了元朝时期的一种美学
引诱了木氏土司向前挺进的队伍

木氏从金沙江畔的丽江出发
在那个夜晚，来到独克宗古城，这是一段历史的开端

24. 被忍耐和心魔萦绕不休的独克宗古城

忍耐的频率是那样的快，快的速度
使得独克宗古城的一根仙鹤之翼
落在木氏土司统治的旷野之上
那一年，他的心气如此的骄傲，又如此的虚无

那一年，木氏土司在他的古堡中感慨着
万千山水间涌来的寂寥以及纳西古乐的苍茫
那一年，忍耐使得木氏土司开始变老
其衰老的程度，是那样的悲伤

被忍耐和心魔萦绕不休的独克宗古城
我既看到了在一百年中挣扎并维护历史的
木氏土司的辛酸，也看到了众灵们在追求着自由
仙鹤般的自由，看得见，但不可触抚

被忍耐和心魔所萦绕不休的独克宗古城啊
犹如那一年，木氏土司装满了风俗史的胸膛

25. 银器间的符号学

在独克宗古城往西的一间阁楼出现了
收藏者年轻的面孔,他穿梭在这个地区神秘的阁楼
他布衣、布鞋间的浮尘,又干净又典雅
间隔了千年的环行词典似乎在他手指间咏唱

银器间神秘的符号学中潜藏着危机
也同时荡来了一场期待,千年以前的
木氏时代,劳役们寻找有色金属的火花
寻找到了涌到眼前的炽热,涌到面颊的温度

阁楼隐藏在城隅的西边,也意味着
落日会溅起这屋隅许多消失的波涛
银器间的符号学,带来了许多人的转瞬即逝
也带来了我们相遇的一场大雪

那梨花一样的白,那凛冽已尽的大雪
在独克宗古城的银器间发出阵阵冰凉的叹息

26. 木氏土司撤离时的苍茫时间

那些时间已经失去了银色的光泽
那些时间同时也失去了金色的碰撞
木氏土司缓缓地离开了独克宗古城外的城堡
那些石头的寒冷直到今天仍让我舌尖冰凉

而在之前,木氏土司的舌尖早已冰凉
比我的冰凉提前了好几个世纪
这是轮回学谱的神秘形象
在那一刻,木氏土司带着兵马离开了独克宗古城

一种衰亡的前程已铺展在金沙江流域的路上
如满天的沙砾被木氏土司的女巫咀嚼着
那种干燥的声音,那种坚硬而泣泪的声音
穿过天空的地理,直抵一个已经虚空的结局

若干世纪以后,我站在木氏土司的城堡遗址前
我的心中洋溢着榴色的爱情,那赠我爱情的人住在日月山上

27. 木氏土司之后的异乡人进入了城门口

官吏、高僧、商旅、刺客、歌伎、琴手、知音
还有梦中人,再一次进入了城门口
那一年,我的眼角飘着雪花
我所爱上的那个男人怀里藏着经书和药典

各种神秘身份的人占据了客栈
从雪山滚下的水进入了体钵之内
从而循环着世间生死之谜的时间
在烛光映照下,异乡人守候着身边的翩翩谜底

旁边的微火越来越暗淡下去时
我所爱上的那个男人怀里藏着经书和药典
每辗转一个时辰,经书就抵达了一个晨曦
每度过一个午夜,药典中的芬芳四溢像梦境般袭来

木氏土司之后的异乡人进入了城门口
那一年,我到底邂逅了谁

28. 那一年，我爱上的男人怀里藏着经书和药典

那一年，我爱上的男人怀里藏着经书和药典
当他的手滑过经书时，窗外雪花纷扬
苍穹是如此透明；而当他的手拂开药典时
许多人的生死轮回已经被芬芳所揭开

那一年，我爱上的男人怀里藏着经书和药典
在离他很近的窗户和门帘之声中
我隐隐约约看见了他脊背上滑过的一匹黑绸
在窒息的梦魇里，他的诵经声拯救了许多人的梦乡

那一年，我爱上的男人怀里藏着经书和药典
他满腔的血液里涌满了红色的念想
他想通过经书和一部药典
拯救一座城宇不死的命运

那一年，我爱上的男人怀里藏着经书和药典
当他拥抱我时，我的生死之谜已掌握在他手中

29. 带着扇形指纹的异乡人

清王朝时代的独克宗古城
带着扇形指纹的异乡人,睡在隔壁
他的夜晚浓缩在扇形的指纹深处
他是皇帝的特殊秘侠,带着浑身上下的指令

在他睡下去的地方,如今仍能探寻到他
扇形纹理中的年月。如今,我下榻在这座客栈
我听说了他的故事,在他出入的各种时空里
他的容貌与扇形的指纹相牵连

我无意中在夜色荡漾中嗅到了他前世的气息
我无意中沿一条路径朝前走
迎着夜色弥漫,我无意中在他前进的指纹中
发现了一座城再生之前的图像

基于此,怀着对梦中人的幻想
我走上前,仰起头,吻遍了他和他手上的扇形指纹

30. 桃花心木的香味使夜晚越发浓郁

我愿意躺在这床榻,独克宗古城
仿佛仍在日夜飘零,像黑铁的剑心
包藏着忧愁和灿烂的爱情
神和奇异蔚蓝的词语赐予我新的期待

桃花心木的香味使夜晚越发浓郁
使公元 1724 年间的城头城尾
城西城南、城北城东
拥有了云南版图的一个位置

我愿意找到那位绘制图像的人
那个已逝的仙人,让他告诉我
独克宗古城的水井到底有多深
独克宗古城的城墙到底有多高

桃花心木的香味战胜了外来的敌人
电报、唱机、幻灯机、词典中充满了寓言

31. 公元 1779 年滇铜进藏

铜色栏杆的外围,筑起了
夜阑深处的层层黑暗。公元 1779 年
滇铜进藏的路又漆黑又深邃
独克宗古城正诵唱着轮回之歌的音律

风雪绊住了游人的手和脚
使诸多人围于荒漠之上的铜器的撞击声
声声撞击,如雷鸣传来
如祭坛以上的山冈那样凛冽

如一只梦中的独角兽
出入于树林的波涛,如一只独角兽在被追逐中
染上了疾病。那种病魔
如沉睡的鸟栖于独克宗古城以外的雪山之下

公元 1779 年的铜色弥漫
如磁针般保持了密码和痛苦

32. 历 史

那些水井里的清澈和深度
黑得多么铿锵有力,黑得多么忧伤
对于仁慈和遗忘,我们只可能在其中选择
独克宗古城的幻梦,召唤来了新的黑颈鹤

对于鹤之爱,犹如水晶迷宫中
一种神奇的快乐冉冉上升了
对于鹤之眷恋,是我一生中
难以摆脱的喜悦

茫茫沼泽和一座城的全部历史
有可能湮灭我的脖颈以上的梦想
那时我仰起头,犹如一个女囚
在艰难地期待着一座城的自由气息

历史就在一切铭文深处
在离别和一场死亡的气息之外游荡不息

33. 一道铭文脱颖而出的时辰来临了

当一道铭文脱颖而出的时辰来临之前
预感划破胸膛，雨中的翩翩叶片
旋转到你的面前，犹如一阵恐惧以后
幻象出世。爱的预感使一个梦重新再生

十七世纪的一个人，无须开口
就已经在独克宗古城的黑夜
赢得了我的爱情，这使得追求永生的希望
在日落之前感知到了镜中的铭文

一道铭文脱颖而出的时辰来临了
如细雨中扑面而来的心慌，使我禁不住仰头
如独克宗古城足够多的白银时代间的温柔
那么冰凉，那种彻夜的冰凉已足够让我遗忘

我必须学会忘却，像独克宗古城美貌的妇女们一样
忘却鏖战、梦魇和捕捉不到的爱情

34. 那些暗窖中藏着鱼和鬼迹

深入下去的一道暗窖,涌来了数不清的年或月
那些暗窖中藏着鱼和鬼迹
藏着不为人知的鲜血梅花瓣儿
藏着弹壳和一只银手镯

首先是因暗窖中藏着一尾鱼
由此奠定了底部有水流的汪洋
在它的上端是不变色泽的乌木的光芒
那尾鱼不知活了多少年,死去了多少年

还有鬼迹也浮游在其中
那一阵阵飘扬之声,使我看到了残迹荒草的美丽
鱼和鬼迹来来往往
如浮光掠影之后万千书笺中的黎明

那些暗窖中藏着鱼和鬼迹
久而久之,整座城隅都充满了它们的姿态弥漫

35. 你的来临

你的来临，那么快，又那么慢
那些冷杉树早已由碧绿变成秋色弥漫
以此扭转着前因后果的不测
它们荡起的一阵阵金色，来得突然又激烈

你还是来了，乘着你旷野上最快的马车
那速度，快不起来，也无法慢下去
整个秋天，我的命运都会交给你主宰
整个秋天，我的舌尖嚅动带来了一种悬念

我老了，太长的诗韵已经与我失之交臂
整个秋天，洋溢着你的来临
从你牧场上向我移近的片片距离
必然是一阵秋雨，必定是一种事件

在我的睡梦中，黑颈鹤
那一只迷人的草原上的，湖泊上的黑颈鹤来临了

36. 在我与你对招的三分钟以前

在我与你对招的三分钟以前
我还在你的疆域中寻找你
我房间里的玫瑰怒放中又开始萎谢
愧对一切死亡的铭文。我仿佛知道生命已到了中途

在我与你对抗的三分钟以前
金粉色的时代已经与我彻底划清了界线
那些曾被我用尽的虚荣和优雅的脖颈
在中途,在去西部著名的梅里雪山朝拜的中途已折断

在我与你对抗的三分钟以前
鞋里的灰烬,长袖中的余晖
如此的宁静,又滋生了一种坚定
刻骨铭心的时刻已到,我就要见到你了

在我与你对抗的三分钟以前
我们的滇西山脉燃尽了每一只烛台

37. 独克宗古城的尺寸学弥漫而来

那些铁铸的尺寸是乌黑的
那些楠木的尺寸是金色的
那些手或脚的尺寸是无形的
那些经书记载的尺寸是神秘的开端

独克宗古城的尺寸学弥漫而来
城域外水沼泽的尺寸漫无边际
清澈中看不到淤泥和水苔的根须在哪里
那种原始的尺寸学古往今来悄然地飞舞

如同一种弥漫,简言之
如同一个人气息的弥漫;如同烟尘的起舞落下
如同乐器演奏的心灵是缥缈的
如同世上任何一颗心灵是复杂而晶莹的

独克宗古城的尺寸学弥漫而来
裹挟住了那颗随黑暗摸索的心灵

38. 城隅中石板路上的温度

那些温度不是火的翩翩起舞
那些赤脚的人,那些吐蕃人以后赶来的人
那些为鹤而来的人,那些为银器而来的人
那些牵着马来的人,那些胸怀凶境而来的人

无论在十二世纪还是十七世纪
那些谋密者脚下的温度
那些邮驿脚下的温度
那些捕手脚下的温度
都意味着是雪的温度和大雨肆虐以后的温度

当我垂下头时,我眼里噙满了泪水
不知不觉地,我为那些短暂的温度所感动
为那些用脚开拓出真理之谜的温度而热泪盈眶
不知不觉地,我已经感受到了自己脚下的温度

城隅中石板路上的温度
倏忽间使我从梦中醒来,使我看到了世界的大雪纷扬

39. 那个斩断哀愁的人又回来了

昼夜不息中逝去的物和事
辗转中又回到了我们身边
一盆炉火依旧在寒冽中炽热燃烧着转化为灰烬
那个斩断哀愁的人又回来了,坐在我身边

那个斩断过哀愁的人
曾经是青铜剑器所辉映的王
那个斩断过哀愁的人
曾经是日月之城堡最智慧和忧伤的王

如今,那个斩断过哀愁的人又回来了
坐在我身边。在今世,他是一个最平凡的人
他正在使用一种乐器
弹奏着这一世与他相遇的河流和雪山峡谷

那个斩断过哀愁的人又回来了
已变成尘埃的乐器在今世复苏醒来面对着我

40. 转经筒每一次圆形地环绕一圈

转经筒每一次圆形地环绕一圈
雨就会落下来,玄机中长满了幼芽
祈雨的人,满眼美景的人
得到神的护佑,挣开了双臂摸索着时光

时光就在那些经书织成的锦缎中流动
新月悬在眼前,你触摸到了独克宗的全部往事
流水更替着春和秋的色彩
转经筒每一次转动,世界的梦魇就会消失

每一次梦到你,都有一种漫长的期待
而一旦我醒来,睁开双眼
就看见了那圆形的转经筒
那无所不在的循环力量使你的土地充满了春光

转经筒每一次圆形地环绕一圈
独克宗古城就经历了一次新的祈祷

41. 全能的香烛在燃烧着

看那一炷炷全能的香烛在燃烧着
它们代表着内心升起的全部祈愿
因此,环行的香,全能的香
无所不在的香顺着独克宗古城往上飘曳

这是一年中的四月,春天在这座城隅
犹如相爱而不肯松手告别的情侣
他们手拉手祈愿,全能的香烛烧成圆圈
这是来世的香,心之饥渴的香

看那一炷炷全能的香烛在燃烧着
尽管灰烬筑起了深渊
仍有美好的祈愿在灰烬中蜕变成幼芽
仍有炽热的一颗心祈愿为花束

独克宗古城以上的香烛
那全能的香,替我飘曳而去的香烛叙述了祈愿的神圣

42. 世界的词根又一次降临

每个世界独立的词根都涌到你怀中栖居
它们代表无所不在的物种之境遇
飞禽、流水晶亮的鹤翼又从你呼吸间悄然越过
我又看见了你的布鞋走得那样从容

我又看见了你在那些词根中行走
我又看见了那些世界的词根
降临得那么美妙,像是在空中劈开的雷电
悠然间使暴雨浇湿了枯萎的树根

世界的词根又一次降临
涌到你怀中栖居,是为了明晨展翅出巢
你给我的那些巢穴啊,温暖滑过了我指尖
每个世界的词根都已经从巢穴中开始出发

世界的词根又一次降临
使其万物的躯体充满了新的玄机

43. 经轮又一番转动,城隅又一次醒来

始终不渝的,独克宗古城
怀着一颗悲悯的心,挣扎了一夜之后
经轮又一番转动,城隅又一次醒来
那棉花似的柔软,那格外空灵的灵魂犹在

一盏水灯笼,从深处的屋宇中开始闪烁着
萤火虫的距离;闪烁出词根和花园的
迷津;闪烁着水流和桃花的艳情
闪烁着乐音和长亭的思念和别离

经轮又一番转动,城隅又一次醒来
静寂的面孔又一次变得充满了向往和期待
戴着十二世纪银镯的女人
又一次出现在独克宗古城的细雨深处

经轮又一番转动,城隅又一次醒来
我和你又一次面临着告别之苦

44. 如果你愿意，今天就是约会的好日子

如果你愿意，今天就是约会的好日子
成群的蝶翼忙于奔往天际
在它的翅膀下我们无论飞得高还是低
都可以亲密地寻找一个词根相互依偎

谷雨之后的第二天，湿润的是我嘴唇
我终于承受住了时光那漫长的煎熬
如果你愿意，今天就是约会的好日子
使人心仪的炼金术使我们可以互相亲吻

躺在手绘地图古老的牛皮史卷上
就会回到我们的前世，经轮又一次
怀着圆形的颂唱，翻转不息
使我们握紧的手松开又相互抓住

如果你愿意，今天我们就相爱
像那永不流逝的日或月光城堡般相互看见

45. 钻进石缝中的那种绿

因为爱,你会发现那些湿青苔
多么碧绿,钻进石缝中的那种绿
那种绿从素馨花到水池
从经轮转动以后沿着城区漫游

你是否已经放下了锄头、挖掘机
你是否已经研究透了十二世纪的银手镯
你是否已经在龟山以上遇到了经轮翻转
你是否已经因为爱,听见了黑暗中的风声降临

钻进石缝中的那种绿,多么碧绿
使其水漫游而出,沿着水槽
一路上,已经有多少琴弓被折断
一路上,因为爱,这一夜,我都在凋零中尝试着与你约会

多碧绿啊,这个独克宗古城的夜晚
沿台阶而上,因为爱,我找到了你的城门

46. 带着我骨头中的热情造访你的城之灵

石头古堡在一些寒冷的日子里
再一次伸出舌头,它的歌唱沙哑而响亮
遥远的源头开始越发清澈可鉴
那伸出舌头的先人,要求我们进入它的灵魂区域

松脂会更加芬芳,沿途的城堡
石头上延长的动人的逸闻录中跳动的火焰
一团团驱逐我们往里面继续走下去
往深邃无涯的史诗中往里走,你就会遇到一个亡灵人

他站在云雾和冰雪中,掌握着已逝者的魂灵
那个已经被超度过的魂,犹如又一次远征
裹挟着墨汁和雪雨,整个冬天,我都在爱你
进入春天,那个隐喻依然在颤动

带着我骨头中的热情造访你的城之灵
我是野蛮,我是狂野,我也是温柔的弓弦

47. 雷劈开的一些石岩以上晃动着树影

雷劈开的一些石岩以上晃动着树影
领略过忧伤的诗人已经不再保持沉默
一触即逝，那些树影的姿态
会保持着整个一千三百多年以前的一场拥抱

树影刺破了苍穹的阴晦时光
我伸出手指，鉴别着那些古老邮路的来历
我献出爱情，以此靠近那夜晚的蒙面情侣
马蹄声滑过阒寂的石板路，带来了消亡者的秘密

雷不断地劈开岩石以上的树，劈开了一座洞穴
湮灭其中的陶罐，如一盘棋艺
罐颈口，奔涌出忧伤；越来越多的光轮
晃动着那陶罐，雷劈开了它的内部

黯色中的琴弓，安眠着
垂下的眼帘，藏住了几个世纪前春天的往事

48. 即使已经穷尽了所有的力量

即使已经穷尽了所有的力量
词语仍可以替代我,犹如水
流向你,涟漪后又轻盈
直抵你的几根肋骨,直抵天上人间

雨,绵延尽了你地域周围的松涛
独克宗古城的前后花园中一群鸟
带来了形而上的啁啾,带来了雨落下以后
形而下的湿润,雨中的词语冥想着你的容貌

即使已经穷尽了所有的力量
我仍是你城区涌上斜坡的词语
它们除了钻进你身体,也在赎回前世的灵性
香味,炽热又迷乱,篡改了舌尖的献词

即使已经穷尽了所有的力量
棉花还在生长,石头依然在青灰色中抵御着侵蚀

49. 等我的人站在城门口

站在城门口的人握着弯弓，几页牛皮纸
拂过他面颊，使他重新复活
抚摩尽了天堂的沉寂，又回到了人间
像几世纪以前，重回到赴约的午后

弯弓再现出了为万般世事变幻的城隅
那一年，他的生死交给了栗色的战役
而我在猛狮和高山耸立的岩石之上
捕捉到了他冥睡时的恋曲

等我的人站在城门口，用不绝如缕的声音
找回了我唇尖上的微光，这光焰
与他失沉的恋曲如同一辙
怀着喜悦的心，走之前，我握住了他的手

怀着蜂糖般的甜蜜以及已经承受住的磨砺
我们的双手抓住了又一轮光阴

50. 独克宗古城像一本未写之书

未写之书始终不渝地在等待着我
不可穿越之星辰,为何如此辽阔
不可践行的梦中之诺言,为何悬在眼帘之下
不可诠释的词根,为何在大雪和春雨中湿透

未写之书中交织着迷茫之光
穿透我心腔的冷冽啊
忽而变成七世纪的一枚青铜器
忽而蜷曲在我双臂间,像一个婴儿般出生

像一个婴儿般蜷曲四肢,通过子宫
那温热的血的盆口;通过独克宗古城秘密的
入口,未写之书始终不渝地等待着我
如同绳索般捆绑着我今世的躯体

独克宗古城像一本未写的书
它简约,用风葬、水葬、火葬迎接了再生的时辰

51. 云端以上或云端以下的纬度

面对独克宗古城全部的纬度
我们不得不进入云端以上或云端以下的纬度区域
这是两种不同的湿度、温度，是两种围绕着
我们发生的，旋转的、忧伤的，歌吟的纬度

黑麖鹿奔跑着，野鹤成群地飞越着
水盈荡着，荞麦炸开着，松枝舞动着
这是云端以下的纬度，这是纬度中的风物论
在云端以下的纬度中，万物都充满了生命的出生和死亡

雨在高处孕育着晶莹，云朵在高处避开了寒冷
仙女们在云端以上的纬度中享受着春天的气候
这是云端以上的纬度，这是纬度中的天堂之国
在云端以上的纬度中，天籁之福音中没有死亡只有出世

云端以上或云端以下的纬度
世界上两种互相交织又相互运动远离的纬度

52. 独克宗古城,我的冥想之床

它已经日渐变老,这是一个事实
犹如我们身体的年轮从轻盈的旋转
进入沉重的滑行。而当我再次进入独克宗古城
仿佛重温世事的沧桑,仿佛重又陷入轮回

独克宗古城,我的冥想之床
从石头、楠木和银器所造化的梦境之城以上
我享受尽了冥想所到达的一座城堡
我享受尽了城堡中动荡不安的诡异之迷惑

一座城,是一个人冥想的床升起的黎明
从遥远的黑暗中,那些破碎的银月晃动着
洒满了河床,抵抗着隐晦、忧患、伤痕
迎接着在一座木榻上的全部的光芒的隐喻

唯其在那些光芒的隐喻中,一座城带来的冥想
像床榻之周围,一曲凝练之歌韵于眩晕神秘中上升

53. 词,散落在城隅的祷词底部

词,我的词语撞击着那些锈铁
在那些一千多年以前的锈铁中,在铁轴心核中
诞生着一个词语,它就是爱情或者祈祷
一个词语,使我生之原罪散落在城隅的祷词底部

在那些幽暗的水青苔中,我的词
绕开了死亡,重新学习韵角
在一次又一次的生死轮回之间,我的词
使我的原罪显形露相

词,重现一个祷词,一种姿态
它是生之雨露,滴落在瓦砾和斑影中
溶入最坚硬的街景之中,那些慈悲入怀的人
那些拥有波浪和春天的人赶来了

这是一个约会。蓝色的调,春天的词
雪雨中的词,祷词中的一种愿望缓缓入怀

54. 接受我吧！最亲爱的城

神迹隐匿，不肯露出最真实的瞬间
接受我吧！最亲爱的城
沿着城脚外的水泽，沿着一只鹤的路径
沿着我滑翔过的，用忍耐抑制住的思念

沿着凋败，寒风的锋刃展现的传奇
沿着蓝，那一缕缕的蓝色使我获得了宁静的力量
沿着红，既是身心中的历史也是果浆四溅的血液
接受我吧！最亲爱的城

沿着鸟粪的痕迹，沿着白蚁群体
建筑的王国之谜，沿着铁铸的寂寞
沿着虚拟过的爱情，沿着日复一日的距离
像磁钟倾向于美学和忧伤的辽阔

接受我吧！最亲爱的城
神迹隐匿，使我遇见了神仙，使我获得了救赎

55. 那些拥有日久天长思念的人赶来了

那些拥有日久天长思念的人赶来了
他们带来了铸铁的微火,带来了黑的盐
带来了虚空时滋生的纵横,带来了
水、地、天融为一体的风景弥漫

夜,羁绊住了燃烧的火;火焰中那些思念的人
已经赶到了火葬之山谷,那些已经变成灰的前世
那些亡灵人的颂词纷扬。拥有思念的人们
行动起来了,他们不放过与前世的恋人相逢

那些拥有日久天长思念的人赶来了
那些喊神的人,创造了奇迹
他们为践行隐秘的约会
不分昼夜,从世界每一个角落赶来了

那些拥有日久天长思念的人赶来了
穿越了山川水路,只为了相遇你并看见你

56. 我已倦于复述……

那些跳入水中的鱼已经找到了归宿
那些鱼翅在拍击水浪……风景美如画
风景如此壮美,而我是你们的谁
为何始终徘徊于那些瓦灰色的时空之中

那些路径穿越了时空的狐狸
迅捷地掠开幕布,然后钻进去
钻进宽阔的水泽国深处
要么被淹死,要么会狡黠地穿过沼泽

我已倦于复述你曾经给予我的寂寞
那些凝固的冰川,多么洁白
不需要我们前去审判并惊动它的灵魂
我围在冰川下已数年,我仰头望见的秃鹫滑过了头顶

我已倦于复述那些美好到底有多少问题
为你保持足够的距离,这就是我理想的生活

57. 让我陪同你一起老去

始终有一件事情等着我去做
不是迫不及待地去做,而是心平气和地在等待
看风呼啸时荡起的微波
使我们可以庄严而平凡地享受生活

雨垂临,卷书会潮湿而发黄
然而,雨也会润泽咽喉
我们相遇,思念使时光在虚度中越来越灿烂
也会使我们因为道别而加速衰老

独克宗古城的夜幕之下
我正在阅读着咒语和祷词
指尖中拂过的祭日是那样哀伤
我正在学习你心腹中深藏不露的一道道铭文

让我陪同你一起老去吧
在一道铭文中,我们犹如冷杉一样活着

58. 今夜,我在这里等候着告别者历现屏幕

灯笼在雨雪中隐现出城池的轮廓
那些平静的裂纹,那些幽暗的胸怀
再一次征服了我的内心,征服了我的美学
星空的一轮巨大磁力,此刻在我身外旋动

今夜,我在这里等候着告别声再现屏幕
雪,在春天的独克宗古城的夜幕中落下来
我吮吸着这种晶莹的雪,透彻了我的舌尖
我坐在城的角隅,等候着那历经沧桑的人出现

夜的色泽覆盖着我的脸,我的呼吸鼻翼
覆盖着被风轮吹着的悲伤
今夜,我无法抵御的美将使我失去方向
失去平衡,失去我尘世间所有的记忆

今夜,我在这里等候着告别者历现屏幕
他会宣判我的生或者我的死期

59. 风吹经轮,让我们虚度美好光阴

那些从春天中发出的绿已经让世纪轮回了
无以计数的圆圈。那些绿到独克宗脚下的
卷宗,那些疑窦,那些暗疮,那些瑕疵
使后来者轮回在缠绕的绿青苔之中

那些蓝,是不可倾诉的思念,蓝色眩晕
会使磁铁也折断,在前世和今朝的蓝调中
蓝得令人忧伤的是空灵,是微雨中传来的歌韵
蓝得令人喜悦的是思念一个人时的茫茫距离

那些红,多么放纵的灵魂
红已经渗透独克宗逸闻录中的往事
红在万物的生长中纵横于枝头和天空
红的汹涌啊,让我们感知到了光阴在微调中已翻身

风吹经轮,让我们虚度美好光阴
那些紫色呼啸而过,带来了你的最新消息

60. 告别词

我就要离开了,起伏如编织术语的心魔
仍在我体内纵横,我的语词
适宜与独克宗古城相依相伴
适宜在它几个世纪以前的熔炼中再次出世

词语,来自唇间,那是一个幽暗如火的洞穴
深藏着对于你爱的秘密。如今,我开始撤退
用卑微和理智维护我哭泣的权利
在城外,我会独自用手蒙住双眼痛哭一夜

我是幽灵和诗人,是你消亡的城隅中的姐妹和恋人
我是女人,用尽了所有时间
回来考证你的大好河山的源头到底有多远
现在,我即将转身,就像杰布王的女奴在风中失散

我就要离开了,编织于我是一个词语
是湮灭我的借口,也是让我离开的理由

2005年的十二行诗

模　糊

沿着来时的路回去，眼前出现了
模糊，仿佛从一只蚯蚓体内
释放出了弯曲，那并不动人的弯曲
仿佛是一张土耳其的毯子，盖在身上

而在我体内，一把弓弦无论弯曲到
怎样的程度，都说明不了天气在变化
雨季在三月三号降临，更早的时候
我躺在一床土耳其的毛毯下面睡觉

然而，睡觉也说明不了我的眼前
升起的一片模糊，由此带来的是冲突
像枝头越来越沉郁的花，已经绽放了
像果实已经垂挂，而雨季趁机淋湿了身体

三月七号的鸟鸣声

三月七号的鸟鸣声,不仅仅在耳边逃逸
而且潜藏在我衬衣的味道中弥散
随即我把一份变冰冷的早餐匆匆解决以后
旅行开始了,我的旅途在鸟鸣声中扇开了双翼

鸟鸣声带给我一所居处,而我转身时
鸟鸣声就消失了,它们善于乘着黑夜前夕的
歌声消失;它们通常在人变得愚钝的时刻
潜进自己的飞翔之中去,伪装自己

伪装是一件外套,只要穿在身上
人就在顷刻之间产生了魔法般的灵感之源
我藏在斗篷的外套之间,开始为伪装
寻找灵感时,三月七号已经结束

猜测的喜悦

越来越甜美的夜晚,引不起
任何一场骚乱,因为在过去的不和谐中
我们已经怀着遗忘开始了新生活
当水瓮里的水质越来越清澈时

正是我幻想症开始结果的时辰
尽管任何约定都在奔赴死亡
尽管水瓮里的水并没有沸腾地上升
相反,水瓮里的水正平静地收敛住波纹

我猜测你恰好推开窗户看见了我
所有我们始料不及的时间之谜
都隐藏在他乡,因而你就是那个人
在我的肉体之中存在,也在我的灵魂中离去

郊　区

郊区可放在我竹筐中，就像一只土豆
可以放在我竹筐一角，占领神秘的位置
在我削皮和煮土豆时，郊区已经
进入了黄昏，因而，咀嚼着土豆

就像把郊区的帐篷撑开了。郊区可以
在我埋下种子的地方结出幼芽
竖琴的影子和盘茎在泥土下的芽胚
在倾诉阴影的纠缠时也在倾诉自由的来之不易

郊区就在我诗歌的母语手册中
从敞开到撕开，我的喉咙品尝到了一汪清泉
它从郊区的源头而来，随之解决了
一个炎热夏日的口渴的问题

解　决

当我年迈时，我想我已经面对了
一朵花整个的凋零过程。现在是午夜
我试图停止剥开玉米粒的节奏，而我的双手
已经变成一张网，我在风中回避着

人世间的噪音，那些车辙移动成形后
我在网中已经捕捉到了鱼儿的游弋
这个世界变成了一片雾或一片黑暗
似乎都与一张网和一尾鱼儿有牵连

美妙的脖颈，够不到的地方
恰好是一张网可以编织的地方
恰好是一尾鱼儿可以到达的地方
这个简单的道理使我解决了瓜熟蒂落的问题

午　后

一尾鱼儿在水中愉快地蹦跳着
垂钓者坐在岸边晒着三月的太阳
而我就在此刻开始照镜子
懒洋洋的美给我带来了明媚的星期天的生活

写诗,不是为了写出生活中的烦恼
而是为了写出诗中的阴影以及被阴影
照耀了大半辈子的杂芜;写诗,不是为
打发空虚,而是为了填满那像水井一样的深邃

明媚的一天,星期天下午的时光
一只鸟儿飞过的白昼,以及来不及遗忘的噩梦
沉落下去,顺从于风儿吹拂而去的浪漫史
我就像草帽一样滑落在原始林带边缘

我想知道

我始终想知道在一件大衣里
我的身体是变冰冷了,还是越来越灼热
卵石铺成了一小块道路,我拎着箱子
圆已经围着我,圆圈已经定格

在我散步的小径上,春天的胚芽
疯狂地在长;在我度过的黑夜里
春天的月亮,澄明得像一只红橙
我为之焦虑的某一时刻仿佛结束了

我始终想知道身体要支撑多长时间
才能在大衣里变得一丝不挂
因为裸露可以恢复我照镜子的习惯
可以让我在一面镜子里倒下去

这是瓷一样的肉体

瓷一样的、洁白的、镶嵌纹路的
它必定是肉体。西南边陲处
我们又点燃了焰火,一堆由紫红
跳跃到深红色的命运,必定是肉体性的伙伴

我的肉体伙伴,你必定已经很累
这是瓷一样的肉体,谁也抗拒不了真理
给过炉火似的焚毁,重又燃烧的两翼
它似鹤的外套。随便穿上的外套

遮饰住瓷一样的肉体,它光滑,它炫耀
它最终的目的是毁灭。而此刻
瓷一样的肉体,朝着火车厢,朝着水面上的圆镜
直立而起,或挣扎着献给肉体的名字

外 套

我穿着外套与你会面,在滇西的里面
在一条交叉的古驿道旁边,一双手
染着土布。凭着土布上的一种铁锈色
红色的、白色的、蓝天尽头的私语声色

我穿着外套,凝固似的小脑袋
紧偎着一种乌云似的柱子,它的美
戳穿了低靡的伤口,并使之痊愈
而旅行箱子晃荡着,像一段被遗忘的旧事

我穿着外套扑面而来,牙齿似的
织布声,古希腊诗歌似的碎片,海伦似的肉体
挂在夕阳下,马车以速度
把我的外套裹紧,或者变成一只蝙蝠

童年和知音

童年是有限的,就像知音
抚琴时,时隐时现。因而回到童年时
我回到池塘边,一些羊群
把自己的身体变成了白色的光斑

知音甜美的嗓音,抑制住了一场混乱
我赶到了现场,这是我生命的
轨道或牧场。微风在寒风中呼啸而下
把我的帽子卷走,童年是有限的

我已经看不到童年的伙伴,而知音留下来
在拂晓时告别,就像锃亮的匕首
留下悬而未决的宿命,童年和知音
在池塘中飘忽着,像水草和青苔纠结成一体

密　谈

午后，我们坐下来，这是离水池最近的地方
我想方设法地脱颖而出，是为了
看见火车，是为了回到井栏旁边
滇西著名的女相士，让我摊开手掌

指纹，就像露珠溶化的过程
细密的沟渠顺着我的胸衣在颤抖
我的耳朵在倾听，我的脚趾儿在惊悸
这是一场你我之间的密谈较量

看见火车来了，回到井栏旁边
潜入旅途是为了宿命
投入井栏之中去，是为了分辨人间的暗影
滇西著名的女相士，看穿了我的玄机妙算

枕　头

棉花藏在枕头里,在里面,在最里面
白色的棉花暗藏住了它的爱情
我抱着枕头,一次又一次地热情而激荡地
迁移在路上,在棉花里,有着游絮般的命运

棉花藏在枕头里,有可能藏在
一本老黄历中,顺从于命运去变异
有可能跟随飞翔的一只白鹤
去受伤。当鹤受伤时,柔软的棉花献出了心灵

棉花藏在枕头里,在外面,在最外面
马车已经等候多时,我们启程的时刻已到
棉花如同镜子、箱子、裙裾和锋刃
历经了一切磨难,最终抵达的地方是诗人的春天

夜澜深处逢细雨

细雨
夜澜

1

亲爱的，已经挡不住了，这场大雨和你面颊上的石头般地
干净。我还是想回到七世纪前，与你赴约的云南驿站
回到那漫长古道，执箫人的长袖下，去仰头
数清有多少只仙鹤在云端取走了我们的纸上秘笺
亲爱的，我又想起了海拔，整个云南边疆的海拔
而在之前，是谁发明了海拔，在海拔之下
山有多高就有多高，峡谷有多深就有多深
而此刻，静雨覆盖住了我的视觉，静雨覆盖过我的面颊后
我就会死去一次，这妙律谁也猜不透
也不需要人前去猜透。而今天，金沙江的苞谷林
经过一场雨以后，已经长得越来越饱满
而我还在爱着，这个秘密使我能够猜测出你已渡过金沙江
这一直是我心底的一团火。它们亮着
现在，让我们效仿金沙江岸上的山民
让我们去找酒窖，让我们在火光下学会酿酒吧

2

雨,还会再来吗?我蹬去了鞋子,赤脚到我童年的水井边
照镜子的时候,你说你就已经爱上我了。这个意境感动了
我。感动了我前额上出现的皱褶,那么美的一天
属于我的八岁或九岁。而此刻,我们在祈雨
我们在祈雨。雨来了,这是一场意境,于是四周就响彻着
丝绸般的旋律。雨,不过是我们身体上遇上的琴瑟而已
夜深处,是诗人的盛宴,诗人们遇上了月光美色
而我遇上了你。之后,所有的黑暗将会亮起来
至一朝暮,它是维系我们生之呼吸的影子
恰如我身边的你,给予我离散聚守,给予我坚韧的等候
我这样想象将来的日子,你我相守多年的美学,于是
我就回到了更遥远的前世,那些日子
天上没有飞机,地上没有火车
只有香草在旁边疯狂地长。我想着一个词语,你就来了
我爱上了给予我风清月朗的前世
我爱上了马车和邮驿给我捎来的信函
此刻,风驰过,雨未临
多少情愁只能托浮云远逝
多少英雄美人只能将自己交给一场虚无之境的美学

3

眼前的一幕:风声和水迹的走向顺应于天意

像那麦秸的锋芒和榴红色的柔软

以披露的细语暗度时光

并不显得开阔的地平线被文明和金属玻璃拦住

尽管如此,我们的内心可以装下千山万水

可以装下云絮般的天籁

风宽阔,水也会遇上拥抱的万物

是你馈赠给予了我秘密的快乐

从此刻开始,我的余生中都会遇上你

如遇上倚窗而临的细雨,那般轻盈稠密

如遇上春秋之间的一次云端上的朗诵

4

我在等雨,陪同我亲爱的边疆在祈雨

如果雨在今夜来临

第一滴雨应该拯救月光下的褐土

它已经失去了春天的喜悦

第二滴雨应该请驿路的天使带给你

让那一滴雨去拯救你视野中的天下

第三滴雨，我用它替我拯救我的灵魂
如果它像眼泪一样干净
那么，第三滴雨一定会让我看到春暖花开的日子
是的，尽管世界将消失，在几个世纪以后消失
我仍将陪同我的边疆，陪同我的至爱们在祈雨

5

这些细如米粒的雨，足可以让我浑身淋湿
我的一生，无非就是有机会爱上这些天上飘来的细雨
我的一生，无非就是与至爱者有缘无分
过上一种爱无藏身之处的生活
苍郁色的山，金沙江西岸的山
像是在织物中刚刚醒来，某一个正午
我经过织物的木轮边，我又爱上了那缓慢的旋律
那样缓慢啊，足可以让万树在我身体中开花
我知你今天已渡过了金沙江，已渡过了
你我上半辈子长离别的岸。此刻啊，我又爱上了
眼帘下沿金沙江西岸拍翅而去的那只鸟
完全赤褐色的翅膀啊，没有诗人可以说出它的行踪
而此刻，我的命就在你手上，如你一旦突然松手
它将随天上的浮云而去，或像雨粒从苍茫天空落下
再落下，直落到金沙江大峡谷的岩石之下面

6

我知道你已经触摸过了闪电后的雨
它们稠密、抒情、内敛。像你停顿片刻以后
梦中书页中的旧插图。而此刻
忧郁的星期五已垂临
我们还是去郊区或小镇走走吧
那执长箫者,坐在七世纪的台阶上,正在打盹
五月的最后日子,最美的也许是今夜
在合拢而打开的书页深处,有死去的蝶复活
有梦中人的踪道弥漫,你随手推窗,雨就来了

7

半夜,有密谋的一场雨已临窗
心里涌动的暗喜使我推开窗。毋庸置疑
这场雨将淋湿整个昆明城区已废弃的花园
它巨大的晶体和触须将植入新一天的城市钢筋和水泥
而郊区外的四野必是庆典的节日
天亮后,去幼儿园的孩子们
将高兴地踩着满街的水洼去上学

8

雨，如我们期待的那般炫目

雨滑下我面颊时，我突然间学会了遗忘，如雨一尘不染

而每每我遭遇到四处弥漫，就开始了爱

一些雾里的触角钻进了身体

就像我的年龄被紫色挟持

更多时刻，我的一生需要的东西是那么少

雨，经过我面颊时，我会掐断所有的消息

我宁愿去另一场甘甜可口的细雨深处流亡

或者逃亡到千山万水的词语中去

在里面学会爱，也学会生与死的逢场又着戏

而此刻，眼帘下的雨啊，突然地抽身而去

这一场禁不住的，铺天盖地的，用眼泪酿制的美酒啊

我该如何前去追上你的行踪

9

我知道，许多的蛛丝马迹都已暗藏锈迹

不再理会我们的探索。而我的左边是经文拂过的河床

右边则是我刚刚遇上的诗歌

在爱情由纷乱变得卷曲的时候，一只羚羊

已跃过了苍天下的崖顶,那衔接口
像我少女时代遇见的一朵玫瑰
我的失眠期已到了尽头,不再为爱情绽放花朵
请你低下头吻我吧,你一定会吻遍羚羊纵横过的距离
那段山路好美啊!使我为你秉烛而去
追上了光阴中最短的我们的爱,之后
雪依然白,花依然红,枝依然枯,水依然流
春夏秋冬依然如流云逝去,我们依然聚了又散

10

我们依然散了又聚。苍茫过后,水又开始洗干净了面颊
水又开始保存我们的证据,从朗诵到钥匙上秘密的孔道
从澜沧江的黑麋鹿到我前额上蜷曲的午夜;从木乃伊们经过的
记事簿。水一次又一次地让我们在煎熬中学会了生
有多少次水经过了家门?有多少次水经过了耳朵垂立的方向?
有多少次我站在水中,水升过了膝头
有多少次水如晶体凝固了我?有多少次水需要着我的眼泪?
有多少次水沁入了刚刚写下的诗页?而那一天
我正在水中逃逸,是的,我正在水中提起裙子逃逸
野兽们也在逃逸,它们逃往更深远的山林
而我则逃向四壁,逃向那为我而弹奏的夜曲

在一盏灯光下，我那如蛇一般蜕皮的命运啊
一次又一次，有了新的妖娆
一次又一次使用妖娆赢得了痛不欲生
今天，这些痛已经替我穿过了云层
溪流、阳春与白雪中都潜伏着我的痛
古箫穿过夜幕后召唤而来的亡灵人中有我的痛
未调色出的向日葵和茄子色中有我的痛
此刻，我正目送雨目送你的远去，我要用余生创下奇迹
永驻你心里。亲爱的，我的灵魂在陪你回家
请别拒绝我，我要用这剩下的最后余生创下奇迹
永驻你心，永驻现在和将来的时间中
有我在你身边，你就会万事顺意
因为我是从天上下到人间来爱你的，因为我就是你的女神

11

因为爱情，天黑下去了，整个世界都在赶路
在所有黑下去的日子里，人们在赴夜宴或夜的不眠
我们在金沙江岸下行走，脚底下是摩擦了千年仍在继续摩擦
我们的沙砾。胸前是一轮明月，左岸是村寨
右岸是牧场和青铜之地。身后是三世纪前土著人的歌舞
前方是浩荡的边疆。因为爱情，天就亮了

手已松开，心存下的那片叶脉重又回到树梢

无数意尽未了的语词重又回到了自己的深渊

男人们又回到了重大社会的舞台

女人们束紧了裙裾开始逃往乌有之乡

因为爱情，天空更深蓝，雨会更稠密

英雄们会褪下盔甲，美人会用芳名来发动战争

因为爱情，等待和回忆会越来越苍茫似海

夜上升，我们就会创造忧伤

心生游丝，也正是我们心藏锦绣的时辰

12

瑰丽，它从哪里来的？整整一天

它都在花园、书架、果盘、栅栏和午后时空制造着悬疑

它那彩虹般的衣装，带来了一个夏天的华美宴席

每每经过它身边，我都忍住了对爱情的渴望

而瑰丽，它无所不在地正萦绕着门前窗外的幻影

回忆总是发生在千丝万缕的时刻，或发生在一个箫音

击穿喑哑的嗓带之前。瑰丽，不仅让我幻想够了

超越茄子色的那种端庄和古典，也同时让我饱尝够了

远眺到紫色再紫色的迷离。瑰丽，它不是一个人的名字

但可以装下一个人的相思，那自然是由属于瑰丽的一种命名

可以讲述的故事。这故事，演变了无数春夏秋冬后
终于像青铜的传说，一个熔炼之后的瑰丽
到底是为爱情准备的礼物，还是为了献给永恒和遗忘

13

要有一个人倾听雨声的机缘。要倾听到雨声里的急躁
它们急于想让大地变得干净，想让墙壁上的涂鸦和树上的裂缝
回到原初。要倾听到雨声里的无奈和悲悯
像居住在我灵魂中的青蛙和黑麋鹿们仰头，将天堂看见
要倾听到雨声里的孤寂，啊，像那场彻夜不眠的孤寂
耗尽了守夜人的力量，从而将自己背叛。要倾听到雨声里的
倾诉，将来历不明者笼罩，像孤灯下的飞蛾死于焰火
要倾听到雨声里的疯狂，那不是最后的疯狂的结束
而是疯狂的开始。要倾听到雨声中的缠绵，像爱情窒息后的
拥抱和毁灭。要倾听到雨声中的凄迷，如梦如烟般的美的
短暂。要倾听到雨声中的对抗，圆的、方的、空心人和木偶的
舞台戏对话。要倾听到雨声里的晶莹和黑暗，如铁轨上的
黑檀色的枕木和铁轨的磁场。要倾听到雨声中的蜷曲
那些奋不顾身的跳跃啊，云穹之后是悬崖林立的人类生活
要倾听到雨声中的欢爱，一场无法挡住的拥抱啊
使万物之下的根茎落满了巨大的、永生永世消融不尽的晶莹

14

雨每每落下，我就会穿着布裙穿过一条街道
今天我的布裙一团紫气，这是中年以后的色彩，我不知道
进入老年后我会执迷于什么样的色彩，紫色是什么
自我写下那组从紫色到紫色再紫色的诗歌以后
我就开始研习这一段属于紫色的时光。而此刻，雨来了
我的眼神中有忧郁，我知道，这忧郁就是我布裙上的色彩
雨中的街景，很多人，很多人在水洼中走，确实地
有那么多的人在水洼中走，有那么多不明身份者
在水洼中走，在水洼中朝前继续走下去，走到马路前面就消失了
我的布裙上湿漉漉的一团团紫气啊，耗尽了我今天的所有力量
从紫色到紫色再紫色的布景下，是我模糊的面孔，它仰起又消失

15

鸟，虚幻地从窗前穿过。一页书中香气纵横处
将抵达何处？佛告诉我说，要放下。从那一刻开始
我就在训练放下的每一种姿态，当爱情的思念来临时
要放下，雨就会顿然间，随着你的目光而去
繁芜中我们已经一遍又一遍地开始了遗忘，啊，遗忘
像是在早晨和暮色中从唇边经过的咒语

像是孩子们积木乐园的坍塌。顷刻间
白茫茫的雨水，滂沱的雨水，棉花似的雨水
从头顶流过额际的雨水中，使我忘却了爱情中最伤心的事
遗忘，使一朵玫瑰为凋零而再生。我是那么喜欢
看紫色的葡萄，倏然间，遗忘就在那团紫斓中上升再上升
繁芜的生命就让我们相互学会了遗忘
等到再见面时我们已是陌生过客。这是一件多美妙的故事
雨水在遗忘中，确实是白茫茫的吗
玫瑰在凋零中，确实逃过劫难了吗
这些问题，就像荒原抵达我们面前
有那么多的繁芜和爱，两者竟然在荒原中相遇
就像盐水与伤口相遇，那么多的疼啊，像遇上了
刀锋的制造者，如此大的谜底怎么去寻找到属于自己的杀机
由此，我看见一大片羽毛覆盖住了一件爱情的往事
遗忘，使风中的乐器正在倒下去，从怀中倒下去

16

风中的乐器正在从自己的怀中倒下去
这是一件多么美妙的传说。啊，传说者
已途经我沧桑叙事的地方，比如，桑梓
那些培植我们往事的旋律啊，像风中乐器
正在从自己的怀中倒下去，倒下去，倒下去。

紫风暴

1

只有在爱上时间的时候,我也由此会想念你的踪影
我只想在静寂中想你。而此刻,雨水翻过了山梁,云雀们
将惆怅的云挡在山腰或顺着郁葱的面颊,抚摸遍了你存在的
远乡。而此刻,亲密的敌人,已将战乱的日子结束
无数断刃已沦入干枯的井窖。白昼依然捆绑住我们的身体
因为细如编织的网络,将我们送到了蜘蛛们的天空
啊,编织,只有在编织中所追寻到的自由
让我看见了你。而此刻,我又看见了多年以前的一句诗
最荒凉的不是荒原而是嘴唇。这句话一说出,雨水们
就替我翻遍了裸露的山梁还有我命中的滇西

2

光线,可以从镂空的古代格子窗移来转世者的面庞
移来的还有灯盏,那装在灯笼中的秘密盘缠于千年前的
倾诉。移来的还有月光的斑斓,就像我在夜晚容易迷失的自我
等待,从来都是徒劳的,只有倚立窗前的影子,不知不觉

已开始石化。雕塑就是采用这残酷和无妄的美学结构间的光线
创造出了永恒的记忆。现在的我,到底是在爱着还是回忆着
那些替我移走了阴郁的时间,柔软中有尖锐的锋刃
藏着令我想书写的羽毛笔。亲爱的崖壁间,又有一头羚羊
身披被我吟诵出的暮色,骄傲地、孤单地眺望
从露水的痕迹下,跳了过去,跳到了更空旷的山岩上
这就是我想念你,爱慕你之后——获得永生的姿态

3

久违的,不是风景,而是节气中的庆典
雨声中的绿啊,这些棕叶绿,台阶上苔藓中的绿
鸟翘之绿,辗转一个诗人传说的江流之绿
正是它们引领我与你在无数的渊源中相遇
而那些大米的白,纯粹象牙色的白
像风中歌谣行踪不定,又像云一样自由无际

4

还是以诗歌的命名法,让我出现在金沙江岸
用我忧郁的涂鸦,将赤裸的爱染成紫色的慢板
今天,我看见的雨是紫色的。是的,今天我看见的雨

是紫色的傀儡，它们在我身边周游，想越过金沙江去种植苞谷
想越过金沙江去种植葡萄。总算想出了我一生的遭遇
它的名字就叫紫风暴。自此以后，那些如果还会爱上我的人
请随同我的目光沿金沙江岸走一圈。然后，陪我躺在沙砾上
那些还想种植苞谷和葡萄的人，男人或女人们，就这样
用其姿态让蛇从我们身边盘旋出去，给它们缠绕不息的祝福

5

旁边，是一根偶尔落下的长发，不激起波浪，不给别人
缠绕的机会，之后，随风而去。旁边，是一瓶药丸，为头痛症
失眠而效力。旁边，是手机上过期的广告语和沉浮不定的
爱情絮语在过刀山下苦海。旁边，是邻家的儿子，独自儿
唱着杰克逊的歌曲《迷失》。旁边，是打酱油的叫卖声，一小滴
酱油正在渗透这个令人厌倦的下午。旁边，是一只擦窗而过的
蜜蜂，啊，甜蜜之舌深藏于蜇伤的美学。旁边，是我的镜面
是我失去青春后的另一面。旁边，是足球场，那俊男射门的刹那
世界有始也有终。旁边，是深沉的疆域，一群山羊从山顶
往下走，直抵小河另一边的村庄。旁边，是失散的记忆
是顽固的手从大海中捞针。旁边，是音箱中的吉他曲恢复了
十八岁的爱情传说。旁边，是我忧伤的一天，语词出卖了
我。旁边，是一把剪刀的叙述，它正在帮助被纠结的星期二

剪断面前的一团紫风暴。旁边,是一场宴席,没有我
世界依然人来人往。旁边,是一阵风来了,是风儿们
正在冷却一杯沸腾以后的水。旁边,是另一场冷却,是爱情
被冷却后的谜底,没有人猜出这谜底下是藏着火还是藏着冰川

6

早起的我,每天都延续出同样的日子。但我深信
在移来的一束光泽中肯定有令我惊喜的一朵玫瑰

7

忧郁的星期六,有多少心
可以像檀香木,历久弥新
谁知我心,必知我忧
谁知我生,必知我求
这里的奥秘,使伟大的虚空更辽阔
使无常的时间,追不上心的疼痛
我说那干净的白,痴那莫测的风铃
我放下窗幔,舍下这些不该有的轮回
我让水流走,载走我给过你的微澜
我让玫瑰凋零,让它合上暗香之唇

我让符咒,替我去消失行踪轨迹

8

每日复一日,又添了枝叶
又见到了旧友或新欢
这样的日子,倏然间徒生悲愁
雨中撑开的伞下,已只剩最后的色香了
点上一盏灯吧!让亲密的敌人
带给我们漫天的呼啸

9

耳际的苇草,荡平了一切蛛丝马迹
荡平了我厌倦的审美。群峦之上,云图间
我的形姿不再召唤飞翔,我要落下来
像尘埃一样不吐露生死之谜
像你的名字那样,骄傲地活够一生

漫歌：北回归线二十四度以南

1. 北回归线二十四度以南的天气

纯澈的气流穿过葱郁的丘陵
叶片儿上挂着晨曦的早露
屏住呼吸看一滴水流过叶面
流过神仙的面颊，流过第一个与我相遇者的眼神

噢，凉爽，叶片簇拥着叶片
这是地球上最干净的地区
我来到了这里，北回归线二十四度以南
细数着山腰间垂挂的云朵有多少朵

细数着叶片迎着八月的灼热张开了多少次
嘴唇，那不是含苞欲放的嘴唇
也不是倾诉真相的嘴唇，那嘴唇
只为吐露世间的纯澈，于是，空气来了

北回归线二十四度以南地区的气候
像叶片造水时神秘的盆腔中漫溢的气流

2. 当我看见了乌木龙乡域的绿在滚动时

我们知道绿是什么元素,它如今正大面积
从地球上斑驳。我们知道绿是什么
它已经从我们生活的领域忧伤地剥离出去
当我看见了乌木龙乡的绿在地球上滚动时

那些滚动在山冈上的绿,顿然使我
摆脱了没有绿色滋养的生活
一棵黑桃树般披载的绿使我学会了眺望
一片山坡上蕨类植物的绿使我想躺下去

我透过山冈上的核桃树眺望到了天堂的绿
我躺在蕨类植物之中时犹如已获得了再生
我们知道了地球上的绿是什么元素
在乌木龙乡域的山冈上的绿新鲜如创世之初的符咒

当世界之绿沿乌木龙乡的地域在滚动时
我在地球上看见了不可穷尽之绿的神的漫曲

3. 绿是乌木龙乡域的第一主色

绿是乌木龙乡域的颜色。种苞谷的人
向往着它，站在核桃树下的人伸出双手
揽紧了它的凉爽或清冷。从床上起来的
人们梦醒之后奔向它的怀抱，奔向了万千植茎织物的时间

啊，在乌木龙，万千精灵织物的时间
都在编织那绿色。这就是生活的主题
从锄地开始，那清冽的时序就已揭开了
乌木龙世世代代的绿，从祖先手中的一颗籽粒开始

那是被成群的猫头鹰在夜里看见的绿
那是被先知们耳边飞过的斑鸠掠开的绿
那是被我朋友何鸟的祖先们所发明的绿
那是被天空之神的胸怀收藏的绿

百科全书中的绿从乌木龙乡域中浸透而出
犹如番石榴和木瓜挺身而出的绿

4. 什么鸟飞来了（给何鸟）

你的出生地在北纬二十四度以南的村舍
那幢褐色的木屋外是温度湿度
相互接壤的地方。没有人告诉我
什么鸟飞来了，飞得很低栖身在了山冈

什么鸟飞来了，这个隐喻使世界长出了翅膀
那只鸟在飞，飞得很低，这个姿态
离满山遍野的核桃树最近，离溪水也近
那双翅膀从来都在树叶上飞过，在晶莹的溪涧之上飞过

什么鸟飞过了乌木龙乡域的母语之境
什么鸟飞过了绿色而静寂的早晨的天空
什么鸟飞过了银色夜晚的乌木龙的旅馆
什么鸟飞过了梦醒以后的笔记本上的时辰

什么鸟飞来了？这个令人喜悦的现实
使我在你的出生地乌木龙看见了黑色彝人传说中的你

5. 蕨类植物铺开的漫歌

要让身体往上走,要依靠蕨类植物铺开的
绿,往乌木龙的丘陵山冈上走
要让脚指头接触没有玻璃金属的磁力
要让渺小的身躯顿然间产生幻象

要让诗歌访问到一棵古藤树缠绕的前历史
要让死去的意识回到那潮湿的植茎下睡觉
要让疲惫的血液寻找到造血的原址
要让玫瑰的名字学会向乌木龙的灵魂致意

从我脚下铺开的蕨类植物,像漫歌
要在柔软的床榻下过夜;要睁开眼睛
看细密的叶片怎样度过漫长夜晚的奥秘
要在这里的幽秘乡域中做一个虔诚的仆人

要让我爱上从乌木龙乡域漫溢出的一只酒杯
要让那些蔓草用尽白昼黑夜的时间缠绕我

6. 核桃树怎样在乌木龙山冈扎下了根须

核桃树怎样在乌木龙山冈扎下了根须
这是一个逾越月黑风高前夜的追问
在茂密的核桃树下，一朵云紧靠另一朵云
一棵树盘桓另一棵树，直至天边的灵魂相遇

直至抵达乌木龙山野的深度，我的目光
都寻找不到这谜底。层峦叠嶂的视野处
一群喜乐的蜜蜂刚从舌头的吮吸中醒来
一个彝人黑色的大披风下是颤悠的午后

核桃树怎样寻找到了乌木龙潮湿的温床
这是一个关于舌苔和梦境的美学途径
当我抵达何鸟的故乡时，言说是那么多余
紧偎着一棵高龄的核桃树，那些摇曳的光芒使我缄默

八月是硕果从核桃树上显露姿容的时刻
当核桃落下来时，为的是取悦大地的嘴唇

7. 观望一头山羊蹚过河流的情景

观望一头山羊蹚过河流的情景
我坐在世界最遥远的角隅
我遗忘了红酒或玻璃碴磨痛舌尖的味道
缓慢中一头山羊已将前蹄跃入了一明镜

缓慢中一头山羊已占据了河中卵石
占据了世人追索不已的乌有之乡
缓慢中一头山羊已垂下头饮水
它极乐的身体已随一条河谷纵横而去

缓慢中一头山羊又仰头呼啸
它在寻找它的兄弟姐妹们的踪迹
缓慢中一头山羊蹚过了河川最湍急的地方
我看见它的速度像神一样奔向了神秘的庙宇

转眼间，我就再也看不到那头山羊
我模仿山羊下了水，站在了那块卵石上听到了先知的召唤

8. 劈柴的男人站在山冈上

这是唯一的风景：劈柴的男人站在山冈上
他执着地要躬身劈开那些倒地的松木
那些因沧桑从乌木龙的深山倒下的木头
他执着地用斧头揳入了松木的最深处

肉红色的松木浆沿劈开的松木往下奔溢
这是乌木龙南北相镶的山冈
这是我看见过的日常生活的风俗画片
它在松木的浆味中离我已经越来越清晰

那男人忘却了世界的时间，一群土鸡
围在外面，伸长脖子在助兴。树上的雀鸟
发出悦耳的声音。男人的两肋赤裸着
仿佛证实自己是乌木龙活得最健康的男人

肉红色的松木浆味向着我的感官袭来
灿烂的午后，乌木龙最美的风景跃入眼帘

9. 幸福的葵花出生在乌木龙的辽阔乡域

在人间不同经纬度里,葵花像人一样出生
葵花像人一样拥有不同的宿命
有些葵花出生在北国平原和秀雅的江南
有些葵花选择了阴地、向阳山坡、江川岸

当葵花出现在乌木龙的辽阔乡域时
我替它们复述出了幸福的理由:因乌木龙
拥有柔软的褐土,古老迁徙的葵花祖先
便在这里安家落户。这是一个简朴的言说

一个关于幸福的言说被乌木龙的葵花们
带到了我面前:怀着质朴的韧劲,葵花们
就这样迎着乌木龙的光芒生长着。怀着
垂向永恒时间的信仰,葵花们就这样使自己的形态光芒四射

幸福的葵花已在乌木龙的辽阔乡域间
言说了多长时间的幸福?这是一个神圣的美学追问

10. 北纬二十四度以南的三只豚鹿的睡眠

浮生的植物开始带着幽灵们飘忽于夜间
我看见了金色的豚鹿停下脚步
那三只豚鹿彼此依偎,仿佛想在世间边缘
寻找到宽大的暖床,于是,它们的眼睛面向
纵深的黑暗

北纬二十四度以南的夜色,上半夜的黑暗
像柔软的树叶拂开了三只豚鹿的眼帘
它们垂下的睫毛睁开看见了树藤下的吊床
于是,它们躺下了。像万灵一样渴望着睡眠

噢,睡眠。无人能想象在三只豚鹿的睡眠中
是否有异灵出入,是否有霜降和春秋
是否有缠绵的溪涧和阴影交织的斜坡
是否有刃口的血迹之谜和明亮的招灵曲

北纬二十四度以南的三只豚鹿的一场睡眠
如此甜蜜和沉寂,仿佛被先知的魔法笼罩

11. 夜色弥漫中的蚂蝗箐

幽秘的树枝卷曲着。其缱绻的形态
是我遇过的又一种旋律,它在复苏失去的
折断的旧枝,它在借助于夜色的柔美
消解这座箐口的疲倦。那疲倦像卷曲的
长笛经过我耳际

蚂蝗箐应该以成群结队的蚂蝗而名世
然而,在这里,我竟然就看不到一只蚂蝗
当然,我看到了以蚂蝗来命名的地名
其形姿像是用一个蚂蝗王国的冠冕而制作

它的四肢柔软如蚂蝗的身体
它的卷曲中升起的旋律如蚂蝗的祭祀
它的幽谷中荡起一股股紫色的地气
它复述着的忧郁像是一群蚂蝗的绝唱

夜色弥漫中的蚂蝗箐,隶属永德县的
一个地名。属于这个地球边隅的一个现象

12. 当白鹇穿越了北纬二十四度以南的屏障

当白鹇穿越了北纬二十四度以南的屏障
没有人知道它还将穿越什么。白鹇以优雅
在绿色的植被中练就了起步和畅想曲
当洁白的羽毛从它身体中长出,自由的境遇从此开始

一个白色精灵的飞翔由漫步开始
没有人可以丈量出一只只白鹇漫步的里程
它们沿北纬二十四度的路径朝前来
它们仰起脖颈,哀诉着、喜悦着,沉默和尖叫挟裹一体

有时候,一只白鹇向另一只白鹇靠近
求偶期如此地漫长。它们像人一样相爱
又必须像人一样告别。生离死别的历史
像北纬二十四度以南的大雪山一样古老

当白鹇准备起飞时,万千屏障已经在翅下
荡漾。这次孤寂的长飞会需要多长时间

13. 坐在垭口的老人在看云在呼风唤雨

垭口,这座起伏波动的绿海深处
曾使我足踝受到了震撼的迷失
这块被绿荫、苞谷、神迹所圈起的湿土
使我失去了交锋的言辞或舌尖上滑行的词

一个老人,着纯黑色的布衣坐在垭口
老人在看云在呼风唤雨。老人像这片地域最大的神,生活着,使其良善
像金色的苞谷直插云霄,使其一个奇异的
山峰形如水瓮

垭口,是国家地理书上的一小团游丝
绘制它的人,也需要游丝弥漫的梦境
而当我看见那个老人,在秩序和谦逊中
守望着天上的云、地上的谷粒时,我的诗学中已收藏了神秘的符号

坐在垭口的老人在看云在呼风唤雨
灵翼绕着老人的身体,像绕着管辖区的红色圆木在前行

14. 舌头陷在了乌木龙乡域的杯底

舌头陷在了乌木龙的流水之中
陷在了山羊们蹚水经过的卵石上
舌头陷在了汹涌的咒语之旅中
陷在了乌木龙一杯杯亮澈的苞谷酒杯底

舌头陷在了一棵核桃树历练时间的树枝下
陷在了核桃那被花纹所包藏的坚硬之心中
舌头陷在了乌木龙乡拥有尺度的急流中
陷在了每张相遇者的面孔亲密的距离之间

舌头陷在了薄雾升起的村舍的隐秘时光
陷在了渴望在这村舍中做一村民的祷告中
舌头陷在了孜孜不倦的乌木龙人的梦乡中
陷入了释梦和追溯的耳根所捕捉的颤音中

舌头陷在了向我迎面而来的、敞开的
隐秘的神学中。陷在了白鹇形影相随的伴侣之间

15. 乌木龙属于地球上的什么地方

广大而翻滚的云海,村舍或十户或二十户
或一户或三户或三十一户。这里的户籍制
像羊偎依着羊,蕨菜依附着其他所有蕨类植物
火焰绵延出户籍制度中的鸟语和人声

乌木龙属于地球上的什么地方,有什么人
可以走遍这里隐藏的山水?当我抵达
乌木龙乡管辖区域,街道像血管从两岸的
大峡谷中舒展着缓慢的蓝色旋律

站在山冈往下看或往上看:会看到牧羊人
会看到圣洁的浮云会看到成片的核桃树
会看到红豆杉云杉会看到红花木莲马缨花
会看到杜鹃矮林金钱豹云豹黑熊水鹿会看到黑颈长尾雉在飞

站在山冈往下或往上看:会看到绿孔雀
会看到紫灰锦蛇正盘桓在它狭长的洞穴中

16. 水，源于山体，源于母体，源于神咒

乌木龙之水是我见过的最纯粹的诗学
水，源于山体，它的体姿伟岸而复杂
复杂，是因为忽而逶迤忽而辽阔深远
其体内装满了丰富的磁力，造就了水的盆地

水，源于乌木龙的母体。我在大岩房山冈
见到的那个女人，体姿健美，硕大的乳房
带着哺乳后的满足和幸福，骄傲的眼神
是人类史上令人难以忘却的一个重要图像

水，源于神咒。在我途经之地的山冈
神咒弥漫在每个与我相遇者的饱含深情的
眼眸间。何谓神咒，当你看见了马缨花
开遍了山野，当你看见了一只黑颈长尾雉顿然间拍翅飞行的路线

水，乌木龙之水，让我想起了诗学的密径
每一阵溪涧都力图涌向一个诗人的眼帘

17. 当一只黑颈长尾雉飞起来时

春天，当一只黑颈长尾雉飞起来时
高速列车正在摧毁长距离的阻碍，飞机
在天上也在撕碎人类的想象力
只有属于乌木龙地区的那只黑颈长尾雉因春天而飞了起来

当一只黑颈长尾雉飞起来时
我们正在干什么？那些消耗我们心气的
是速度，源于绳索和地狱间的捆绑力
而当乌木龙的一只黑颈长尾雉在飞时我们正在某处奔命

春天的乌木龙，因为有了那只黑颈长尾雉
因为有了飞行的路线，乌木龙人
永远不会在漆黑的林子里迷路，它会沿着
那只缓慢飞行的黑颈长尾雉留下的路走出去

只有当你看见那只黑颈长尾雉飞过来时
突然间涌满面颊的热泪使你获得了挚爱

18. 只有听到河水的声音，幸福才会降临

在乌木龙有无数的河水，这些属于大江的
支流，不理喻人类的变迁或杀戮
当它们从山体、母体、神咒中诞生时
就产生了晶莹的喜悦，啊，喜悦中的喜悦

只有听到河水的声音，幸福才会降临
这是我在乌木龙寻找到的最朴素的隐喻
隐隐约约的河水，突然到来的河水
橄榄枝间的河水，荷马李白看不到的河水

从前额奔涌过来的河水，没有尽头的河水
永不会被塑化剂过滤的河水，带来春秋的河水
漂浮着乌木龙人气息的河水，雪山
酿制的河水，永远从睡眠中苏醒过来的河水

只有听到河水的声音，幸福才会降临
被豚鹿、白鹇所嬉戏过的河水就在眼前

19. 倘若我是乌木龙的一个村民

我要造就一块山地并在上面盖房
取自我的睫毛并让它们形成栅栏
转眼间,我就会遗忘世间的苦难
站在乌木龙的山地上,我会找到我的邻居

我会找到我亲密生活的邻居们
我会成为木瓜、核桃树、苞谷区域的伙伴
我会成为黄竹果、紫斑蝶、巨蜥们的密友
我会成为绕着火塘周转不息的一种传说

倘若日后我会成为乌木龙乡域的一个村民
这是我的命。我会记录发生在这个乡域间
最凡俗的日常往事,我会将命运交给
那个最圣洁的人去主宰,直到我灵魂出窍

我会使用我喜欢的姿态,仰头看乌木龙
白天黑夜的山水,我会在弹指尖获得永恒

20. 去永德大雪山的路上

这个被幽绿的屏障所笼罩的国家级自然保护区域
这个北纬二十四度的海拔呈现在眼前
当一只豚鹿在山顶歌唱时,我仰起了头
我崇拜这个世界上一切万灵的踪影

去永德大雪山的路上看见了扎摸河
它沿着高高的石岩往下流淌
所经之处是平静祥和的村寨
所经之处有带着孩子的妇女们在伸手攀摘木瓜

大雪山自然保护区派出所所长穆映忠
驱着北京吉普带领我们往海拔深处的云端驶去
车轮越过了令越野车赛手们向往的棱石之路
我们感慨这条路并爆发出阵阵吆喝声
直到驶到一头豚鹿的面前,叫声才停止

云端下的大雪山是国家北纬二十四度以南
最高的山峰。多么寂静啊,那些苍郁的幕布后面

是云南红豆杉、长蕊木兰、豚鹿、黑冠长
臂猿的乐园
我闯入的这片领地,居住着什么样的神

稠密的树枝间,可依稀听到云豹的呼吸声
我尊崇这些被云壤所接纳的万灵们栖息地的每一阵声音

21. 四十八道河隐现而出的旋律弥漫

在四十八道河隐现而出的旋律弥漫声中
泉水中流溯着迷人的分支溪流的渊源
每一道渊源都有一个水的祖先
正像每一面明镜都镶嵌着它挚爱者的面孔

水,再一次直射我心,如同光芒
有无所不在的牵引力,而水之牵引
可以净化一个地区过去的历史和现状
这牵引于我是一次细如游丝般的缠绵

四十八道河中有层层叠嶂般的天堂与人间的色泽
有据守在附近的山民们身体的味道
有野兽们群居时合欢的幸福液态
有山茅野菜编织的众生相的理想生活

水,牵引着最柔软磁力,使其大雪山拥有了
繁殖自然的魔力。看见这水域,我就产生了记录一种史诗的渴望

22. 乌木龙的农业生活

属于命根子的农业生活,它使乌木龙
从漫长的农耕生活中走过来,靠近了世界
这是犁铧经过的沟壑,像波浪之心
所耕之处都是种族们迁徙的摇篮

居住在山坡上的民族,保留着褐色的肤色
他们数星观月的生活,使面前的山水
充满着四季的活力。如果沿用古老的日晷
测试这辽阔的地平线,你就会看到长流不竭的心灵史迹

乌木龙的农业生活,像一块又一块的磁盘
垂直而下或悬挂在天边。当兽声和鸟声
合奏出漫曲,你会见到暗紫色的光斑升起
你就会遇上赤脚归来的劳动者的微笑

在乌木龙的农业生活中,沿袭着将一代代
幻想者手中的种子播撒在沃土下的传统习俗

23. 顺着北纬二十四度以南的磁针

天堂也不过如此,在一束束直面而来的
光焰中,敛住了翅膀上的雪霜,以舒展之心
润养一座自己的牧场。当我们顺着云迹
顺着北纬二十四度以南的磁针看见云下的草牧场

天堂就在眼前织物:这些用露水融洽的
圣器圣物近在云的阶梯上。天堂近在眼前
水花四溅的谷地,落满了轻盈的云絮
它们在自由地飘荡,没有任何国度的戒律
可以限制它的风情

顺着北纬二十四度以南的磁针,这光芒的
触角一路上引领着雷霆中撑开的峡谷之路
就这样,我来了。寂静中涌来的水声
使我的心悄然记录着磁针下波光荡漾的时间简史

在北纬二十四度以南的磁针引力之下
漆黑的夜幕被众神主宰着,天堂也不过如此:像神怀抱
的竖琴寂寥如初

24. 寂寥如初的史前夜晚在哪里

只有面对北纬二十四度以南,你会发现
密室就在空气纯净的仓房之间,当旁边的
玉米、麦芽们被酿酒师施与信条魔法时
你向往的那间密室已经住上了你前世的挚友

寂寥如初的史前夜晚在哪里涌现
我们就会奔向哪里聚首。当翩跹的迷雾
又一次地漫过来时,我已发现了我们的密室
在晶莹的空气里,在震荡的雪山之谷

寂寥依然如初始:像我们的见面般朴素
像北纬二十四度以南的那只器皿
收藏着猎物和庆典以后的平静
噢,纬度里的年华就这样聚首又告别

我挚爱的北纬二十四度以南的风俗生活
寂寥如初:每分每秒都在力图回到史前的那个夜晚

25. 再次回到乌木龙乡域的街景

这是八月的午后,当我们
再次回到乌木龙乡域的街景之中时
已经从醉酒中醒来的我们,坐在街头
想平静地看这些路遇中的逸事从眼前飘过

旁边,是织亚麻布匹的一个妇女的双手在木织布机上穿梭
旁边,是乌木龙银竹茶厂的店铺,那奇异的茶香在一条街景中弥漫
旁边,是三个女人的天下,她们膝头前有三箩筐绿色的木瓜
旁边,是温州人开的小超市,他们千里迢迢守护着这天边角隅

旁边,是流水经过了乌木龙街景的现实
旁边,是乡政府的大门是公务员出入地
旁边,是斜坡是两棵木瓜互相致意的生活
旁边,是一个醉酒者趔趄的层层台阶

旁边,是一个老人怀抱乐器演奏的坡地
旁边,是一辆辆中巴车经过的乌木龙的主街

26. 我想穿上乌木龙妇女编织的亚麻布衣

我想穿上乌木龙妇女编织的亚麻布衣
驻守在这个边隅之角做女人中的女人
月神啊，多么皎洁的月神就在山间漫游
而我在剥苞谷，像乌木龙的女人样剥苞谷

我想穿上乌木龙妇女编织的亚麻布衣
走遍山上的路山下的路回到村舍
坐在火塘侧边，辗转着女人的全部心事
然后躺下去，躺在那黑的荞麦枕头上

我想穿上乌木龙妇女编织的亚麻布衣
出入于诡秘的山冈走遍形而上学的密径
吟诵出我的诗句，诗学中有最清澈的妙律
我想紧贴着树神，像神一样简朴地呼吸

我想穿上乌木龙妇女编织的亚麻布衣
像乌木龙的妇女一样口述出身体中的时间

27. 年复一年啊,这些山顶的光圈依旧

年复一年啊,这些山顶的光圈依旧
只有扑面而来的牧羊人
可以在这向阳的山顶上睡午觉
可以伸展四肢,够到先知们用过的羽毛笔

年复一年啊,乌木龙的河流深处
有雪水、杉叶细诉着祖先们的符咒
有转世轮回的祭司们跳过了河床
有来历不明的游说者将足踝伸进了河水

年复一年啊,木瓜熟了又熟
峡谷依旧玄妙,山水依旧被白云朵朵覆盖
生死之谜环绕着乌木龙的前景
神秘的腹地上奔跑着葱郁的羚羊之蹄

年复一年啊,亲爱的核桃树又一次挂果
又一次撑开浓荫,像在召唤天下的魂灵

28. 山冈上人或动物的回声清晰可闻

山冈上人或动物的回声清晰可闻
可鉴别茫茫无际的群山之间的落差
那些细如额前血管的纹丝，可以覆盖奴役
一个漫长时序中的境遇，可以让人与动物依偎一体

山冈上人或动物的回声清晰可闻
人或动物都沿用祖先的法则
或者将犁沟伸远或者将酒坛移植在山峦
或者在鸡鸣中起床或者推窗吟诵着晨曦

山冈上人或动物的回声清晰可闻
旁边是动物影像，旁边是人的踪迹
几千年又过去，动物或人都在饮水取乐
或者依偎在一棵古树下传达戒律

山冈上人或动物的回声清晰可闻
日出之后是劳作的剪影，日落下山以后是冥床的幽梦

29. 乌木龙的织物术

在乌木龙的织物术中产生了一部史诗
柴火啊，鸟的纬度啊，孩子们的母亲啊
男人或女人的战役啊，蜜蜂投入的激情啊
河上的产卵期啊，坛子里的红色素啊

怀孕妇女的腹地啊，饮酒的竹杯啊
核桃落地的催眠曲啊，老父亲的沉默啊
盛名的圣水器啊，女神垂临时的春天啊
梦醒的水禽们啊，石刻的银色花纹啊

唇上的浆果味啊，野兽们的森林啊
盐巴啊，罐子里的钱币啊
坡顶上孤独的织布机啊，松鼠啊
金色的枕头啊，人或兽的皮毛啊

制度啊，雨水过后的秋季啊
木轮啊，跳舞的人们啊，结绳记事的光阴啊

30. 北纬二十四度以南的安魂曲

从未像此刻：云是这样过来的，它在胸前
解开绳结。于是，我就成为河床里的
游丝。你是知道的，只有在透明的游絮里
我们会活得快乐，自由于我们不再是神话

北纬二十四度以南的天色啊，既是春宴
也是秋色满园。云来过后必须离我们而去
请相信我的体验，相信一个诗人的声音
只有在云一样的虚无中，我们才会活得漫长

云来过后又走了，我们拥抱过又分开了
水沁入我的裙裾后又随流水而去了
北纬二十四度以南的那只豚鹿的体味
久久地在空气中飘荡。自由于它是多么重要

北纬二十四度以南的天色已暗下去
天色已暗下去，天色已彻底暗下去

我身体中的原始森林

原始森林
身体

1. 我知道我的命盘根错结

当峡谷成为黑暗下抚摸的骨头
我开始坐在月光下纺织,从一根白色的线头开始
我研究母语,就像坐在炉灶前
看柴火变成了黑乎乎的烈炭
我知道我的命盘根错结
像彻夜未眠的纺织,从一根白线
寻找到一根红线,再寻找到另一根绿线
所谓月光,就像镜子里
跃出了我们的脸。在有纺织的日子里
我们的脸隐蔽在雪山之下
隐蔽在几根线互相仇恨和爱恋的时光里
我以命中的剪刀,代替了那么多繁芜的影幻
只需一剪刀下去,道路会变得更加寂静
无名的千万条细流汇聚到窗外召唤着你的名字

2. 写作就是将一件有污垢的衣服洗干净

坐在一角隅，当全世界寻找着叙事的话语权时
我正在清洗一件有污垢的衣服
这些坚硬的污垢来自何处？回忆像剪刀张开
又像花蕊于羞怯中闭合。啊，当我的嘴
为原罪辩护时，我的魂灵在那里幽转不息
手洗一件有污染物的衣服时
就像找到了小河边的青石板
在今天以前，我的祖先们曾将衣服抛在石板上
我的祖先们没有肥皂洗衣粉
他们用脚踩洗着衣服，用棒槌敲打着衣服
用泉水洗干净了前世的浆果和血汗的痕迹
而此刻，我使用着手，用了一调羹洗衣液
我回忆着衣服上的污垢来自何处
来自哪一双手？哪一条尾巴？哪一阵黑暗
我回忆着，为什么我的白色衬衣弄脏了
为了什么？我的衣服上有了鸟尿和巧克力的颜色
为了什么？我的衣服上堆集着钢铁一般坚硬的污垢
是的，写作就像耐心地洗一件衣服
写作，就是将一件有污垢的衣服洗干净的过程

3. 一只老虎走出了森林

一只老虎走出了森林
因为老虎有金色的皮毛,所有传说中的
老虎的体积中都披戴着太阳般的毛发
它走出了森林,是想与太阳相遇
在原始森林里,太阳像是从沙漏器中倾泻
像细线又像千年老树上的藤枝
一只老虎想念太阳是惯有的事情
但要真正地走出原始森林却需要三天三夜的勇气
在三天三夜的纵横中,很可能会遇到异类的精灵
林子里的精灵很多,它们不会吃掉老虎
只因为在森林里老虎是最大的王
作为王的老虎依然想凭借着三天三夜的能量
走出它们居住的森林王国
老虎开始纵横了,它的力量是前所未有的
当森林之王开始纵横时
生活在原始森林的所有精灵都会为它开道

4. 晚　安

道声晚安，我就钻进了
深深的密林中去，不再搭理窗外的幽灵
我相信幽灵是存在的
它存在于我们打开的史迹中
那里面有彻夜不眠的焰火
为了让亡灵人安息
也为了让生者醒来时煮茶
我们要把漫长一生的邪恶美德熔炼后再歌唱
晚安，就是放下所有的幽灵
无论是前世今生来世者
都会成为你的幽灵。晚安
就是关上窗户，只剩下房间里的影幻
而当我躺下，在晚安的祷语中
那些曾经从面颊中拂过的麦浪消失了
那些曾经从屋檐下飞走的轻燕又回来了
晚安，森林中的幽灵
只有看见你闭上双眼，我的床头灯才会泯灭

5. 在乱世

在乱世，我想着你树上的叶枝
莫名中又舞落了多少？我想着那些小青蛇
又长大了多少？从灌木丛中走去的路有多险恶
在乱世，我将抽屉整理干净
并取出箱子，旅程就是找罪受
从形而上讲旅程就是赎罪的过程
尤其在我们所置身的乱世
我们会在路上遇到清泉时开始赎罪
遇到仙女和诸神，无疑是我们
赎罪的好时光。在乱世
我新换上了旅行线路，雨季依然浓淡交替
我想着你，是否会在我箱子里出现
是否下一场雾，就改变了上半辈子的命运

6. 我爱你,也爱这些土豆皮

我爱你的雄峻,也爱厨房里坚持用手
削土豆皮的母亲,也爱着那些土豆皮
不为人知的疼痛。我爱寂寥、幽远雅歌
也爱着瑕疵、伤口、火柴棒、飞蛾之死
我爱着圣殿、诵颂、道德,也爱着
饶恕者、阴谋和爱情、呼啸而来的黄沙
我爱着玻璃、金属、失忆的紫檀
我也爱着栅栏下的羊羔,破风而立的木柱
我爱着你的羊皮纸书,也爱着你的征伐
此刻,我爱着这屋檐下
人与兽不相同的地平线
我们默默地告别,我爱着你
也爱着乱世之中的一位君子

7. 飞之寓言

没有翅膀,真的很麻烦
每一水洼,都要过去,如果水洼有泥浆
心会沮丧,所以我们看鸟飞
我们画鸟,捕获后再放生。人类啊
在我们的肉体中有多少斗争和挣扎
飞行,就是离开地面,离开绳索
飞机是人造大鸟,我们乘着这只大鸟
将去看云絮,我的心在大鸟的羽毛里
感知到了仙女飘起来有多寒冷
所以,更多人无法飘起来
因为,天空太冷了
人造飞鸟会再次落在地上
我们会触到水泥地面上的坚硬
就这样生活吧,就这样看一只鸟
饥饿着飞,骄傲地飞,安详地飞

8. 凝聚力来自眼神

这闲下来的时间里,有一种凝聚力
来自拐角,楼梯就在旁边
扶手上有汗渍……眺望
才可能看见逃之夭夭者,在他的行李箱中
颠簸着八月。我坐在候机室里看天空
蓝色刚过去,天空是灰白的
灰白过去以后,玫瑰色已在路上
候机的大玻璃窗外,是青黛色的神话
旁边的旅者吃着零食
我想着那些缥缈的故事
一边玩手机,却虚构着那些满山遍野的羊群
玫瑰色过去了,蓝色覆灭了白色
我想着树篱那边的果园
一个戴着草帽的妇女正在摘苹果
一只苹果落下地,云越来越低
那只苹果为什么要落地
它失去了装进筐篮中前去远游的时机
我想着那只落在树下野花丛中的苹果

飞机来了,人造的白色大鸟
加大了距离,并使我们失去了那么多
穿越山山水水的游历
灰白色的云又回来了,这穿越云霄的一天
使凝聚力又回到了古老的鸡鸣之晨
如果允许,我只想回到
睡到青瓦下,耳畔有流水回来的那一天

9. 我想着云南天空下的原始森林

我想着云南天空下的原始森林
因为离伐木工很远,所以每一棵树都在造水
一棵树的根须在造水,我喝过它流下来的水
此刻,雨过来了,弹指间
时间就改变了我们的处境
电梯上来了,水流过来了
暴雨滑下了落地玻璃窗
我想着要翻越许多座高山
要跟随海拔从低谷上升到云图中的森林
我想着每棵树都在根须下造水
所有的松鼠、猩猩、蜘蛛、猛兽都在弯腰喝水
造水的原始森林处,就是一个牧羊人的围栏
从神话中流来的水,成为冉冉上升中的一个魔咒

10. 母语激荡的一天

被母语激荡的一天，什么都美好
走了那么远，去看蜂蝶催眠后
醒来的万物。诗人的一天
在迈向台阶的错落有致中
看见头顶水钵的古老仙女
给予了我一滴水。我因为一滴水
而历经了饥渴，隐忍的经验
因为一滴水的等待而焦虑、忧伤
母语就在其中降临，世间只有它
执着中带着我流亡，携我去牵先知的手
母语就是我前天喝到的水，煮沸的茶叶
母语就是红色辣椒的刺激
万顷巨水的哀鸣。在母语里
有催眠和唤醒者，激荡我后，像一棵树变化万千

11. 灰尘和水我爱哪一个

你们别担心,灰尘和水我都无法舍去
在行走了千万步以后
我会停下来吹风,在山冈上与一位挖红薯的
妇女聊天,我看着她指甲缝里的泥巴
它同灰是两种性质。就像我爱老人的皱纹
也会爱花冠。我爱上水同样也会爱上灰
因为在消磨我光阴的时间里
我学会了闭嘴,在秘密中战胜自己
但别碰痛我的柔软处
它在水里挣扎,寻找着我们净身的黎明

12. 我找到了一个神咒

你要吗?我找到了一个神咒
当天空要变灰暗时,牧场出现了
那么多的佛光,使我们不再害怕死亡
也不害怕衰老。自此以后
钥匙会交给你,交给所有打开房门的人
在我手心紧握住的一把麦秆草里
在我脱下鞋子触到碎屑玻纤的时刻
在我疲惫得剪断一根绳子时
我找到了一个咒语。简言之
天光开始发亮,缸里的大米吃空了
我们又熬到了秋天,肩扛大米的人来了
我站在米缸前,欢喜中看见大米哗啦啦地
倾泻而下,佛光将普照着我们饥饿的灵魂

13. 早晨的黑白之交

黑撤离，地平线上依稀奔跑着羚羊
昨夜篝火中的燃烧声化成了薄雾
早晨的黑白之交，再次将岁月留下
勇猛的兽群铭刻下来了奔跑的踪迹
我起床面对这份礼物，它挖掘出了渠水下的
碎石，它通过昼夜造就了广袤的岩树私语
立秋以后，衣服会再添加一件，岩羊们的奔跑声
使一个东方的钢琴诗人醒来了

14. 当语境像花一样绽开

当语境像花一样绽开
我不会再害怕你会逃走
白云和溪水都是游离之徒
乌黑的衣袍下
我亲爱的小野兽跑到了地平线的西北
而我身后的西南角,一个妇女正在井边照镜子
宇宙复苏的每一天,麦苗在生长
井边的妇女抬起头,她坚定山河在老去
只有她一亩地的豌豆花春天到了还会再开

15. 黎明前后的身体变化

在青海我拖着行李箱,仿佛走完了整个大西北
天亮了,彻夜失眠后
将辗转到另一个区境
离别多日,我是多么想念书桌上的暗尘
未读完书上那些沉睡的蝴蝶标本
离别多日,我是多么想念西南方向
一只岩羊在海拔三千米以上嬉戏
天亮了,我手拖行李箱
在陌生人群中,依稀见飞机翅膀在飞
灰蓝色的云壤下,我得赶回原乡
去收拾花瓶中的残花。只要一想起
阳台上那只鸟饥饿觅食的形象
我就想赶回它身边,让它品尝到
我省下的一口苹果渣、一小口米粒
离别多日,我知道你同样想念着我
在这辽阔的高山之岭中
维系我们关系的炉火与冷霜之距离
离别多日,我又邂逅了几个让我心仪的诗人

我们倾诉哀愁和快乐

并坚信我们写下的每行诗都在赎罪或再生

离别多日,我是多么想念你

在你的房间里有我的暖手器

有我绘下的充满忧伤的树

我拖着行李箱回来了。在我辗转以后

低诉着,我是多么想念你

屋檐上下的蓝或褐色,那只岩羊的美色

16. 国度的身体性

跨越国度,在云朵的旋涡中飞
从云南到曼谷,再抵罗马
身体,我的身体,只是一朵白色的棉花
云絮、城堡、陌生人
在不同的国度或天空之上漂流
只有你,才是我最爱呼吸的空气
身体,我的身体,我知道你的潜规则
只有在我母语的舌头里
世界才是辽阔的……

17. 解开纽扣吧

活着,并不是战胜死亡,反之
是为了迎候,死亡垂临之前的欢愉
就像今晚听见中国碗筷间的响声
在盐水溅湿了围裙后,我平静地仰起头
你的歌声多么悠远
我得蹚过泥浆,才能抵达你的琴房
去抚慰我耳际那些起伏不平的波澜
爱我吧,那些嗷嗷待哺的小羚羊
是我们窗外最年轻的精灵
我又活够了这一天,午夜有多漫长
解开纽扣吧……秋风如此猛烈
我经历的不是死亡而是迷途
别替我指明方向,枕边之树摇曳
正值我年华已到半夜,从橱窗到卧房
再度过这一夜,我要全世界去寻找
另一个我在哪里?灯暗下去了
我要闭上双眼,像盲人那样
在黑暗中看见暗礁上的城堡和花朵

18. 小狗在摇篮中睡着了

看它那毛茸茸的褐色,内心正荡过一支支
安魂之箭,它射过了初秋的雨夜
夜里的鬼神回老家去了
我将抽回写字的手,这一排排的汉语
弥漫着葡萄香进入酒窖中面对的尘封岁月
亲爱的,让我们向一条小狗致意
葡萄终于酿成了美意和酒
让我们舍下疼痛、忧虑和哀伤
让我们像一条小狗安居而忠诚地守候着母语

时间埋葬了那些我热爱的火

　　　　　　　　　　　　　　爱
　　　　　　　　　　　　时间

1. 止　步

是的，止步于棉花秋水
止步于骨头、炙热的沙漠之花
今天开始修复我理想生活中的后花园
止步于书径，那曼妙的心上人啊
远逝于去年的幕墙，远逝于井水之上的原野
今天开始止步。心灵，这道窗扉
正陪同我止步，问候那只候鸟翻过了几座山脉
止步是远近间的寓意，我深情的小马车下的
辚辚声。是几只箱子从东西走廊回家的痕迹
止步，让我正好赶上了月光的庆典
而静寂的白昼正好可以让我休冥

2. 抱着一条小狗

抱着一条小狗
度过人世间的片刻
听见水流声后,水过去了
听见风声后,风过去了
我仍然爱着,这奇异的矮房子里
一个已经老得无法挺立的传说
沙器声涌满了每个角落
系着围裙的先祖,仿佛是我母语中的黄昏之神
她身体中上升着忧伤的光芒
直到将将我的舌头训练成光芒中的奇葩
我抱着一条孤独的小狗
坐在阁楼,从今天以后
我不再远航。我要守住这些
从出生以后就看见的活生生的皮毛
活生生的灵腔,好好活下去
爱情,就像狗狗眼里迷惘的远方
如今,我带回来了
秋后的粮食,请你填补饥饿

怎样的饥饿才称之为饥饿
当你从品尝到昂头的刹那
房间里已经近黄昏,天空太高远了
我数落着这些蚕丝线一般的纤细之流
我吻过了你的遍体,才知道深渊有多深
才知道绿茵茵的河山深处
潜藏着白花花的水流

3. 每每看见蝴蝶在飞

你是多么美啊,当你停止了奔跑
尖锐的马蹄声已过去
亡灵人变成了蝴蝶、河马、羚羊
变成了翠鸟、野鹤的故乡
每每看见蝴蝶在飞,我的忧愁
省略了那些无法言说的秘密
每每看见河马在跑,我的双脚
却怎么也无法追赶你的背影
每每看见羚羊伫立在光秃秃的石崖
我的心就想下到那些深渊的底部
每每看见翠鸟从卷帙中往外飞去
我的镜中颜就会复述着来世
每每看见一只只白鹤往高空飞去
我仿佛就看见了佛祖的眼睛

4. 除了吃饭、穿衣

雨淋湿了黑色的笔记本

母亲又在灶台前忙碌

除了吃饭、穿衣

我们的生命用什么来维系

那一只只空中蜘蛛所编织的谎言和美丽

很多时间,我背靠书架

在那些亡灵人写出的故事中

哪一个故事,可以经受住

时间之唇的隐藏和审判

我默默地低下头,面对我解开的鞋带

只有此刻,我松弛得像雨后

钻进屋檐鸟巢的小鸟们

忘却了漫长的游离之苦

5. 我坐在群山之间

我坐在群山之间，橘树微低头
风吹过了它们的颜面，拖拉机在山下轰鸣
车轮下卷起尘土。好久未在山上栖居
睁眼就看见了天地。万物生光辉
我放下的思虑，都变成了一盏茶
早早品这天地间的一烟雾，从心头到脚底
仿佛草木秘密地生长
已经很长时间了，我一直在天际辗转
如今直落尘霄，才知道野草也是芬芳之物
我坐在碧绿的野草间
远望山那边，几间白色屋顶
是庙宇，也是瓜棚。突然间
我远离了那么多的虚名
一只松鼠的存在带给我惊诧
看见它小小的肉身沿着松枝攀爬
它已经能在广阔的人世间
躲避战乱。从一只松鼠回到这栖身的一隅
野草疯长，树节制中保持着尊严

一条莫名的河流在海拔中上下穿越
我身穿一件纯棉的方格布衣
天气适度中我想象中的那些符号
是活生生的生活现场
当我们从鸡窝中拾到一只热乎乎的鸡蛋时
我们为何欢喜？这只白的刚下的鸡蛋
在我们手心流动，这浑圆的小小喜悦
是人类的一天。当我从山头往上爬时
同时也遇到了松鼠在往松树上爬
爬行中的四肢动物们，我们不过是肉身的
异灵。在摇晃、挺立而羞怯的姿态下
太阳终将升起，万物生辉的一刻
使所有面目变得清新。我终将爬到山头
就像松鼠们爬到了最高松枝上
我们历练的又一天，终将避开又一战乱
从山头往下走，走回老家
我又遇到松鼠在树枝下觅食
它的食物不过是青草，当然它也会去偷吃地瓜
人为了食物而战，必将死于食物之毒
人为了虚无而度，必将度过茫茫长夜

6. 我只要神给我的那部分

我只要神给我的那部分，它就像酒杯
愿意残留给我的，写在笔记本上的
飞起来又被古老钢笔压住的秘密之光
现在我明白了，我只要衣服合身，徜徉着
那彻底的棉质、细密、光阴的妙语
就在田洼中突然向我跃出的
一亩地上蓝色土豆花的灿烂是必须
被我看见的美。我只要剩余的
别人并不需要的那部分，就像我坐在牛车上
那些缓慢的摇摆中，我发出的低声尖叫
现在的我，2015年9月4日的我
只需要被你们所抛弃的那部分
于是，我在山里拾到了一朵褐色的蘑菇
我找到一条小路，我猜测
走上这条路的只有极少数的几个人
他们分别是到山上尝仙草的妇女
到山上守果园的老人

7. 我愿意就此隐形

我愿意，就此隐形，像那些书中的故事
只在阅读、翻拂、忘却中
获得幽暗的一夜。我累了
那些从内陆上岸的路，通往我的
来世。我咀嚼着这渐渐上升中的秋色
泥洼中我走了很远，才看到了
胸前佩戴银器的妇女生活
她们中的部分人已老去
更年轻的一代人已经失去了割麦子的手艺
抽屉、耳垂、暗器中滑过一阵雨声
男人、女人世世代代划分了性别之后
才开始了以泥土和水为界
秋天的冷，使我想起瓷器
想起冰凉的原始森林。我愿意在你怀抱呼啸
秋风猛烈地摇晃……

8. 时间是手腕上压迫我寻找的航线

我是睡着的、醒来的、迟到的
疲惫的、怯懦的、勇猛的……
这很重要吗？当鸽子在我面前
钻进鸽笼再出来，天已到正午
时辰所耗尽的是伪证，亦是大喜大悲
我看见鸟在梯子上飞，你在洞穴中飞
我在墙壁上飞……我在墙壁上飞
我在透彻的，翻过身后的雨季中飞
喝过了琼浆后，人突然老去了
终有一天，我将像我的母亲一样
从皮肤上开始老，从血液中开始变得抽象
终有一天，我将舍下这坛子里的酒和秘密
跳到深渊中的江水里去洗澡
我喜欢不明不白地叙事
就像我十二岁那一年
面对着家里新买的缝纫机
双脚踏着节奏，我补好了破损的洞
我补好了窗户上的好几场

关于从初觉中涌来的美学的迷雾

我补好了年少时的破洞

时值夏季热的天堂

我路过了你们的城市，我路过了

这江岸上火炉的热

而此刻，我想着我的云南

海拔九百米的热带和五千米的寒带

在两个世界里，我想起了杧果和雪莲

我想起了住在天上的神和地上的农夫

时间是手腕上压迫我寻找的航线

时间埋葬了我的父亲

时间埋葬了那些我热爱的火

时间埋葬了金子，空留下这贫瘠辽远的心跳

空留下这掩饰的肉体

空留下杯子里的残渣

我将回去，面对画室里的幽灵

我将回去，面对万顷之水的浪淘沙

雨或雾，是我营地上的兄弟姐妹们

永不疲倦的舞台生涯

在太阳升起的山冈，我出场了

你看见我从青麦中走了出来

裙子上挂满泥土

袖子上有很多的刺
眼眶里有很多的盐水
我将回去,快要下雨了
我得赶回去收露台上的衣服

9. 暴雨之下

暴雨之下,一个在街头卖蔬菜的妇女
正在挪位置,她要找到避雨的屋檐
我看到她的绣花鞋在挪动
朝着不属于她的玻璃纤维在挪动
她的篮子里出现了一个个浑圆的青瓜
我眼前一亮……刹那间
我们都在雨洼里,朝着自己的摇篮在挪动
曾经有的家园都在通往生与死的路上
开始了形而下的殊途同归

10. 简　单

简单，意味着重复
这场战争又熬过了上半夜
当麦芽香味穿过世界之尽头
无数难民离开了自己的国家
我因失眠而萎靡，葵花已从树上落下
殇歌在二十一世纪的广场纵横
再回到恒河岸边蜷缩
坚持吧！我小憩片刻，战胜了内心的妖邪
启程、回家之路遥远
只有莫名的忧伤，致力于那些人群中
让我感受到光芒的名字

11. 写作，这是一辈子最大的骗局

水，从水龙头流出来，反复地为我洗干净了衣服
时间啊，光芒和幽暗的骗局，散开了
手指尖上可以触抚或远离的。我坐下来
写作，这是一辈子最大的骗局
一个词是妖精，另一个词就是大海和迷途
一个词是咒语，另一个词就是远航和彼岸
在无边无际的饥渴中，水是我们唯一的需要
在白昼交替的常态中，我是你身体中的子弹
写作之骗局，宛如苹果红了，让你喜悦地咀嚼
在你的味蕾深处，一大片苹果园渐渐地变红了
写作之骗局，迎接着这预料之外的客人
他来了，在他灰色的口袋里装满了烟叶
他身上携带的烟丝味儿，使你咳嗽
你敞开窗，微风过来了，带来一朵花的冠名
它们是玫瑰或者月季，它们浑身是刺
暗香浮动，飘满了你的房间
写作，这是一辈子最大的骗局
我来了，只要在此经历的喜悦或风暴

都会像咒语罩住我,而一旦掀开你的魔法
我都会像沐浴过的小鸟,身心湿透
赶上了下一场的飞翔。这就是骗局之美
我渴望的死亡在其中走遍了东方最美的迷宫
而我的生,是下一个词,或许最接近咒语的
才是我赤裸裸后再穿上衣服的那局伪装的自白

12. 天晴以后,就要割草了

天晴以后,就要割草了
我穿着一双暗红色的长靴,看上去
我等待天晴的日子已经有很长时间
我的舌头是苦的,甜已经过去了
你知道的,少量的甜是需要提炼的
那些从玫瑰花、麦芽、苹果、蕃茄中提炼的甜
需要经过炉膛、分布、过滤、市场货币
才可能被我们的舌头感知到一部分
现在,你知道了,甜是有限的
如果你贪婪地占有太多的甜
你的牙齿就会坏死。反之,柔软的舌头下
被你滋生出的苦,才是附在你舌苔下的
像烟囱飘过去的味道。总之,草已经长得够长了
从八月到九月,都在下雨。草在长
有时候是不尽如人意地疯长,更多时候
一场雨过去后,草已经长到了膝头之上
关于膝头,我能感觉到它的弯曲挺立
沉默地忍耐,为生活而妥协后所保持的全部尊严

雨停了，天微微放晴
请相信八九月间阴晦的雨季已经过去了
时候到了，我穿上了那双暗红色的长靴
准备到后花园去割草，舌头下的原生之苦
让我倍感喜悦，我弯下腰
今天，我要使用丢在墙角已经生锈的那把割草刀
看见上面斑驳而金色的锈
我想起了熬出来的蜜糖之色，它们是两种完全相反的
甜或苦涩。天晴了，荒草已倒下去
当一个诗人站在自己的后花园
喜迎着秋天的降临时，她需要做的一件事
就是握住割草刀，像握住自己手腕上细密的血管
她穿着暗红色的长靴，秋天降临了
她舌头下的苦，并非黄连、苦瓜的苦
而是被少量的甜所渴望的苦
天晴了，小鸟从树林中飞了出来
在我后花园里一大批荒草倒了下去
三四只鸟飞过来扑在了草地上

13. 是的,并没有结束

是的,并没有结束
当抽屉里的情书已经落伍了
在它寂寥的叙事咏叹调中
一个写信的少年保持着他穿上白色衬衣的十八岁年华
我拉开了抽屉,几十封情书活灵活现地
呈现出我十八岁时关于青春的
索取、渴望,而找到那些电闪雷鸣
则需要我伸出双手,以抚摸岩石林立的勇气
才可能超度这些支离破碎的经验
去再次触摸到那一场雷电中一个少年充满骨感的脸
是的,并没有结束
收藏在那只抽屉里的是一场电闪雷鸣的往事

当我想起这道铭文

铭文
想起

1. 炊烟处，人与兽在搏斗

所谓兽，正远离炊烟
当炊烟在屋顶上升起
我看见的野兽们正远离着绣花针下挑衅而起的战乱
正远离饶舌中的病毒
正远离着村庄和城市的魔鬼
所谓兽，让我想触到明亮的原始森林
那些悬挂的藤蔓，突然让我消失了
好几个世纪的老祖母回来了
她是住在藤蔓上的花仙子
使众兽围着她跳舞。当我幻想着
天空下雨了，猛兽消失了
在人与兽的历史中，唯有隐藏在原始森林
弓弩，一支带着剧毒的弩
射穿了老祖母忧伤的生死之链
而此刻，花园中奔跑着足球
中老年人在牵手跳集体舞
远古之兽，在我日思夜想的屏障之外
在那潮湿的暗流河床上

我要怎么说,你才相信雷声已过去
我要怎么做,才会让你相信满山遍野的蘑菇

2. 战乱以后

战乱之后,风变绿了
当野火变成灰以后
我喜欢的每一朵蘑菇都像森林中的客栈
面对失忆的耳朵
我以诗歌的名义重将旋律再搜寻一遍
当我发现炉火变暗时,天堂像胸前纽扣般灼热
我成为爱的奴隶。而此刻
四只脚的黑麋鹿从冰川另一边走来
我又听见了树叶呼啸,像诵经的佛祖
战乱终于结束了,洗干净了战袍上的血腥
我突然渴望走到泉水边大口地喝水
因为战乱结束了,我爱上黑麋鹿的日子回来了

3. 饥饿的黑暗

在黑暗中,我们终于放下了碗筷
犹如放下的是整个国家的版图
在黑暗中,畜牧业像书籍般变成了台阶
牧羊人睡觉去了,我的隔壁像荒原之窗敞开
先知垂临的夜,从拇指到无名指
乐音像月光白。我跪地忏悔
面对我的先知,舌头突然无力
在茫茫森林的前夜,你遇见我
是否会想起山坡上葵花树已低下头摇曳
地窖酒坛上的铭文已被时光篡改
你的失忆就像牧羊人的鞭子从空中落下
繁茂的巨树下,是我小小的阁楼
我见过了幽灵后,迎来了先知
只有你知道在海拔五千米以上
黑暗中坐着饥饿的女诗人
只有你知道在寒冷的原始森林迷路
就再也回不到,回不到列车加速的平原
回不到金属之城堡,回不到牧羊人的身边

而我心甘情愿地饥饿着

在寒冷的迷路中,将咒语再一次吟诵

4. 洗干净手是为了抚摸你

洗干净手是为了抚摸你
从出生之夜,我就是你的诗人
我就是从土里水里火里……
翻山越岭的精灵。而此刻
我再一次地洗干净双手,那么多飞蛾
在火里殉难。我铭记这凡俗的死亡
只想用一双手,触抚到那些从我眼眶下
变成化石的骄傲的名字

5. 为什么睡觉之前要熄灭灯光

我一生拾到的枯枝都献给了火

为什么睡觉之前要熄灭灯光

我问过了先父逝去的灵魂

我问过了月上弓弦

我问过了波涛起伏

我问过了兄弟姐妹

为什么夜幕下奔跑着小偷

为什么黑麋鹿的眼睛是蓝色的

我头抵枕头,任凭天下事从雾中升起落下

我的梦,随同那看不见的手杖摸索着

相信我,那手杖下的黑洞里住着伟大的王

6. 当我想起一道铭文

当我想起一道铭文，舌头顿然变苦
老虎已走出了原始森林
当它晃动金色的皮毛时，岩层也在摇动
老虎本可以跑下山，在纵横中吃掉一头山羊
然而，一道铭文降临于我们之间
刹那间，我和那头饥饿的老虎
在同一时辰被空中旋转而来的铭文笼罩
仿佛在这道铭文中漂流着一叶扁舟
还有浆果味、涩味、酸甜味……
来自它的咒语，哀伤、委婉，仿佛被一道道岩石挡住
而此刻，当我遇见这悬空而来的铭文时
老虎已嗅到了山下畜栏中一只只山羊的体香
它本可以先吃掉群羊的首领，再吃掉那只羊羔
然而，悲悯终于战胜了饥饿
一道古老的铭文终于战胜了王者的饥饿
在黄昏的云絮下，我看见一头金黄的虎王
正沿着山冈撤离，我看见了它忍住饥饿
在万分疲惫的纵横中，它那金黄色的尾巴一起一伏

而它那骄傲的头颅正奔向越来越黑的夜幕
它在一道古老铭文中聆听到了生死之约
我看见在它纵横之处黑夜正扼制着地球的戒律
我默默地目送着一只老虎的踪迹消失在夜幕下
当我背诵着这道铭文时,我放弃了
想吃掉一只苹果的愿望,同时也扼制了
想谋杀一只仓鼠的仇恨。我放弃了我
放弃了索取、掠夺,放弃了骄傲和愚昧
我咀嚼着树叶般葱绿的铭文,舌头开始越来越甜

7. 村边周游的一头黑熊

又一头黑熊在村边周游

它从青麦中探出头来就看见了我

此刻正值黄昏，从远方的村庄里

传来了陶器的碰撞声，里面有辛辣的苞谷酒味

啊，我的神，你在哪里

如果两米外的黑熊想吃我的肉，我的灵魂是否还存在

我祈愿着，如果那头黑熊想吃掉我度过它的饥饿

就让那些田野上无涯的青麦裹挟住我的灵魂

让我的灵魂走吧，走吧，走吧

而此刻，我正鼓起勇气与两米外的黑熊对峙着

天越来越黑，我就快要撑不下去了

突然，我耳边有歌谣飘过

咫尺间的那头黑熊仿佛听见了什么

我的神，请告诉我，眼前这头庞大的黑熊

它能听见风中的歌谣吗

它能像我一样热泪盈眶吗

亲爱的神，我的神

待我从泪眼蒙面中睁开双眼

咫尺间的黑熊消失了
从青麦中仿佛旋起一阵阵巨大的风啸
那也许是黑熊回去的原路

8. 如果我爱你

如果我爱你，就会将书房移植到你身边
移植术是美好的，只要选择一个好天气
所有沿着根须的柏茎都开始了移植
有黑麂鹿的日子，就有了神话传说
好吧，让我先喜欢上你背上的羽毛
那些柔软而固执的黑，哪怕失去白夜
我也能守住你而屈膝。这一天
女祭司走过去了，走过去了
她刚刚为我们埋葬了满地的鬼魂
我仰起头来才可能看见她那忧伤的黑眼眶
世界的本来面目，不需要全部呈现
我只需要面对你的黑或你的白
整个哀牢山就会翻滚而来

9. 无论多么冷都没关系

我挤着你,那是檀木,笔直挺拔
那是燕过处,天空碧水彼为岸
岩火喷溅处,时光历练了苦难
我只有踏着腐叶,才可能跟上一只兽的痕迹
这座神话的渊谷,昔日曾是天下英雄
练武之地,如今悲壮的生死已悄然轮回
我挤着你,你的秘径是用泉水铺就的
哪怕多寒冷,我挤着你,你就给了我
一盏岩石上的灯,清泉下的书桌
我挤着三世纪的树,那是冷杉和云南松
我挤着你,云中的寂寥
从今以后,我将不再使用人造催化剂
也不再使用伪证书的谎言

10. 幻　念

只要一想到岩石溅起的水
就想走很远的路。在路上
会遇见上街买菜的母亲回家
会看见谋杀仓鼠者放下刀刃
只要一想起牧羊人肩披的黑毡
我就会织完手中线,去住进牧场上的小矮房
只要想起林中穿梭不尽的弓弩
我就想抵达你身边,陪同你去平息战乱
只要一想起门前有枯涛万顷
就想演复我的命运,在拾到松球的山野
盖一座房屋,迎接天下不散的宴客

11. 黑与暗

黑与暗完全是两回事
就像青麦与草是两个称谓
我终于闲下来了，喘口气
喝口白开水，开始面对这房间里存在或不存在的
幽灵……很多无望的时刻
当海水离我太远，太平洋只是床铺上的浪花
当蒙面人成为海盗，为劫持黄金而冒险时
我留守高原，像古磨般面对日月不休
在这个睁只眼闭只眼的世界上
红色太刺眼，蓝色高高在上
紫色像泅渡者的睡衣
我只好选择黑与暗的关系
我坐下来，赤着脚
仿佛又一次走到你的地区
天就是天，就是让天高悬明月的地
天就是天，就是让地仰望的星宿
许多世纪过去了，黑与暗的关系
就像远隔着玻璃、盐湖，就像灯灭后的

梦游者，穿着白色的衬衣
一夜情以后，成为时间的女神
黑或暗，原本就是一个咒语
在它的语言之下，青麦和草在生长
就像我那无望的诗歌岁月
原本就只是发明了一个咒语

12. 唤醒我的不是闹钟而是老虎的嗥叫

它的声音就像沸水
开始在一把三世纪前的青铜器中沸腾
当它的第一声嗥叫抵达枕旁时
失明的博尔赫斯书中的那只金色老虎
倏然间开始苏醒，上山采撷草药的
药司在金色嗥叫的引领下
已找到了仙草的老巢
我醒来，唤醒我的不是生锈的闹钟
而是一只神游过来的老虎，它的四蹄
踏过了陷阱和迷宫般的原始森林
我醒来了，如同那只老虎孤独的一生

13. 正　午

我写下过一句话，置疑就消失了
我爱过一个人，故事再无法讲下去
怀想火焰变成灰以后的下半辈子
我和几个朋友会在山上盖房
我会请三辆大卡车将我的藏书载往山顶屋宇
我会带着我的佛经去往松枝间吟诵
午后，我徜徉着，一个接近村庄的梦
只需要一亩地就够了
一个接近牧神的梦，只需要一根牧鞭
就已经到了天上，一个接近精灵的梦
只需要一件白衬衣，就可以礼赞欢乐
一个接近诗人的梦，只需要一道窗
就可以追逐到野象、飞蝶的影幻了

14. 转眼间

转眼间，我只是闭目又睁开
我的沧桑使穿过的衣服一天天开始旧
包括使用过的水杯、木梳、纸巾、牙齿和书本
水在低处流则使玄机破开了神秘的天路
转眼间，疯狂的机器人已锈迹斑斑
孩子们的儿童画变成了成年人的沙漠
我低下头，熬过了长夜弥漫
熬过了云絮纷繁中的七月
熬过了书本上飞速的翅膀之旅
噢，森林，你这人类的原始之渊
原本就在我身体中悄无声息地生长
我的水，此刻来到了熔金色的八月
那些掠夺者的机器，请你们绕道远行
请你们诵经后闭眸，请你们心怀慈悲
转眼间，我深信飞禽满天下
熔炼的心，住满了前世的祖先和精灵

15. 我在树下散步

在树下散步,能感觉到自己的骨骼变缓慢了
大葱和洋葱的味道是同样的吗
犬和狼的皮毛潜伏在荒野的奔跑中
其本性显露在牙齿下。我在树下散步
遇到的是孩子们嘴里吹过的泡沫花絮
在如此蔚蓝的天空下,你不会再报仇雪恨
走吧,走吧,让我们走路吧
光阴圈里的兄弟姐妹们
让我们以走路的节奏
抵达那些泡沫前面的路
你会找到爱犬,你也会让过去的敌人回家

16. 黄昏主义及其他

虚构一只信鸽,暗示你想念和平及芳草里的
恋人。此时,我打开抽屉,里面有过时的信札
还有蝴蝶的标本。我想低诉,我飞过去了
我是你沉香中的味道,是你死去
不再复活的童话。如果你此时在虚构一条
从轰鸣隧道中开来的火车,走下来一群人
说明你在寻找父亲或母亲。在人群中
你找到了火车头的方向,你狂奔着
幻想中已经成为时间的主人。如果你此刻
在虚构爱情与死亡,你已经沦为
黄昏主义者的一员。在这个人类寻求
另一个星球的日子里,你坐在围栏下
蜷曲为一座草垛。如果你虚构着未来
夜色将为你而升起蓝色的营地

17. 在繁芜的时间中行走或闭息

我的心头压着纸张,它很轻
很轻盈地压着我的宿命和来世
我面对一页页的纸,它源自树皮
在云南众多区境,坛子里都浸泡有树皮
我们的先民发明了树皮的魔法
一旦它在水火里煎熬就变成了纸质
我的心头压着许多扫帚经过的地方
它们是碎屑、尘粒、毛发……
人类有限的生活在这些暗疮之间
因此,一个词上升了
从煎熬到奇葩,直抵压住我身体的另一个词
它的名字叫灵魂……我的灵魂
在繁芜的时间中行走或闭息
仿佛在面对广袤的无人区之森林
在里面,每一只蜘蛛都可以建立一个王国
而白蚁尽可在尘埃落地中挖掘地道
在繁芜中藏身是一门艺术
我要像那些空中织网的黑蜘蛛学习

让那些压住我心底的秘密灵魂出窍
我要像那些纤细的白蚁学习技艺
筑造一条条交叉的通道……

云层如棉絮

棉絮
云层

1. 我知道你来了

我知道你来了,并且正在上楼
灰白色的楼梯扶手上
将留下你的痕迹
你的痕迹来自从后花园撤离的脚步声
你抚摸过了茄子架上紫色的内部生活
你抚摸过了一条虫朝着小路溜走的心慌意乱
你抚摸过了我从早到晚出入的枝架下的角落
你回来了,你像传说中的鬼一样无影无踪
但你回来了,我听见了你上楼的声音
你是我的灵魂,你上楼来了
是的,我关心的是你真的来了没有
在我夹缝的那边走廊的尽头
是一间密室,你进去了没有
你可以在里面会见我,低矮的屋顶
一盏灯在白昼完全透明,在夜里像火炉一样红
你真的来了没有?在你上楼之前
我洗净了面颊、手、眼睛
我身穿布衣,如果你是我的灵魂
就请上来吧,请来面对我吧

2. 现在，我觉醒了

我早已亲手埋葬完了狂热的激情

现在的我，更像冰凌……离开房间、厨房

离开了味精、酱油、辛辣味

当我独自一人，穿过了热闹的街区后

就可以找到街区外古老的牛车

现如今，牛车已被遗弃在废铜烂铁面前

牛车已被亿万年前的人类之祖带走

尽管如此，我出了城郊外又走了三百里

再走了五百里。这时候已经没有了

味精、酱油的味道了。倏然间

从地面上传来了牛车的辚辚声

一阵灰过去，一些蓝翅膀的鸟掠空而过

观自在菩萨中的色空

从牛车上空的山冈上徐徐飘来

我走了很远，又走了几百里

我不再是从前的我，我的肉身悄然熔炼成了

一根根林立的冰凌……

现在，我觉醒了

在冰凌里仍然有我的肉体有我的骨骼和鲜血
有我的前世今生和来世
现在，我觉醒了
爱我的恨我的……都是碧海天空中穿过的精灵

3. 我坐在椅子上发呆

我坐在椅子上发呆
猫狗在阳台边缘散步
远方是一个符号
在符号下的深蓝色岸上走来的是一个先知
他向我走来，或者被激流所负载
因此，这整整一天
我是一个负心人，是一个虔诚者
为了这一天，我品味着
体内那些即将来临的暴风雨的节奏
那些原始得像米和麦秸的金色摇曳
足可以将我们遥远的祖先招魂回家
诉说是卑微的，它像被褥中密藏的肉体
而当我偶尔抬头，总是将目光越过衣柜
越过厨房和密藏室，在远处
一个牧羊人和一群羊相互捆绑
将身体交给神去主宰着……
这幅远景中的幸福状态使我深信
走下楼去迎候失去音讯的祖先回家是幸福的

4. 瞬　间

我喜欢蓝白红时
会将嘴唇染成玫瑰红
而此刻，一阵浪涛后
我已将一辆昔日小火车的窗帘布
紧紧地攥住并松手
一个扑面而来的春天
一个老人和一个孩子坐在台阶上
显露出思想的锋芒和时间的结构

5. 床单很白,也很蓝

深夜失眠是一件被巨石
覆盖的往事。我下了床
床单很白,也很蓝
在两种颜色所铺开的砾石下
我赤着脚,在没有火焰的黑暗下
我像盲人歌手一样
虚构着一节节漫长的音律
直到那绿色幽谷深处出现了我的小木屋

6. 无 题

衣柜中藏着我喜爱的衣服
它们是长或短的裙,或者是披风
在如此饥饿的时空中
我想象着西双版纳野象谷的
一头头大象的原始森林
我想象着那些硕大的树枝
拂过我面颊,我忍住了
想哭泣的痛感区域
我找到了一条睡袍,钻进去开始做梦

7. 像风呼啸过了青灰色岩石

他们在交谈或厌倦中

已经上飞机或下火车

失去的生活以及正在发生的冲撞声

像风呼啸过了青灰色岩石

构成了我叙述中的深渊

在一遍遍的哀叹调中

一朵玫瑰花凋零了

一朵鸢尾花以蓝色的革命精神

正秘密地穿过我的边疆

正妖娆地与我对峙

何谓翅膀,它颤抖地

穿过光线……银色或紫的光圈里

它帮助我们超越了时空

仿佛帮助我们拉上了抽屉

并上了锁。顿然间,一个秘密完成以后

巨大的帷幕便朝着天空敞开了

8. 垂下头来

垂下头来,剥开豆或者解开纽扣
在这暴风雨来临的黄昏之前
让我们下到深渊中的岩壁下
去寻访岩羊穿过的长夜
再寻找到源头之水
在古老的母腹之上
我寻找到了一只蝴蝶
而我如何再去追上它那飞翔的速度

9. 生活如此古朴

我深爱墨水
它的蓝从笔尖冒出
而此刻,八十六岁的母亲正在厨房中
切开一只金黄色菠萝
正在削土豆皮
或者正调制烹调中的美味关系
生活如此古朴
像睫毛下眼眶中的水

10. 书　房

书房也许只是一座伟大宫殿的
一块石头,却可以让一个人
一个家族在此隐居
我从年仅十八岁就开始了
为这座书房寻找书的源头
我与世界相互隔离的时光
就在书房中绘制着一头头
黑色或金色的小野兽
每一本书都应该是一部野兽之书
我最爱的小野兽却是我自己

11. 那取悦我的时间

可以杀死我的、贿赂我的、取悦我的都是一体
它们在秘密的地域中登上了月球再回到地上
在那里,杀死我的,是灿烂的爱情
贿赂我的,通常是耳畔流水过去后来临的蒙面人
取悦我的,是我从熔炉中捧出的灰和琥珀
时间过得太快了……在我停顿的身下
钥匙在响动,头巾下的火车站已远逝
十八岁私奔的青年人已垂老
啊,时间,我赶上的飞机已落地
我重回大地,老年人在剥葵花子
私天的绳索捆绑住了年轻人的身体
那杀死我的灿烂爱情如荒野推窗而逝
那贿赂我的河流像白银丝绸般铺展而下
那取悦我的时间,像母亲的故事潮水般涌来

12. 小学生们的足球

我选择一个位置坐下
观看足球。小学生们正在球场上
踢球,他们的脚正踢着圆形的足球场
正环绕着地球村边缘一个细小的核心
以此消磨着他们年少的冒险和游戏
在他们足下是游戏中的奔跑
我听见了他们赤裸裸地奔跑着的呼哧声
犹如看见了他们赤裸裸降临人世的
那个早晨赭红色的脐带
环绕着赤裸裸的身体

13. 自由只是一块小巴掌

自由并不是仅仅飞翔于
蓝天……更多时候
自由只是一块小手掌
你伸出了手,上面有你的铭文、出生地
有你的剪刀、装盐水的土罐
有你的劫数,热爱过的男女关系
有你的学校、作业本上的泉水
我喜爱这些活生生的
从生锈的小世界里伸出的小巴掌上
奴隶般的劳动,天使般的微笑后
获得的自由……

14. 那些小小松枝的火

不确定的因素,使一双手伸出去
触摸到的箱子里,一本日记
从一九八二年的浮土中隐现出那一年
我和我的青春流浪的一座岛屿
在一块礁石后面,我和一个人为了守候大海的
潮汐,点燃了一堆火使身体感知到了温度
那些小小松枝的火迅速地变成灰
潮汐来过后又走了
我因此知道了,灰色是这个支离破碎的世界上
最永恒而长久的爱

15. 晚　安

晚安,那些我爱过、舍弃或者曾经爱过我的
乌有之乡的疯狂的石榴树
晚安,那些我曾经梦见的影幻,载我随同
永恒之夜而上升的虚无主义的理想生活

16. 召　唤

我等着守夜或者被夜裹挟

夜行者陌生如垂直的竖琴

还有寒冷的床铺，堆积在角落的土豆

啊，幽灵，多么爱你

只有你让我想起了祖先的迁徙

在我身体的原始森林里

居住着放下武器的勇士

只有他的脸动人而尊贵

让我忘却所有古堡的黄金和弓弩

忘却了冰凉之夜，直抵眉宇的召唤

唤醒我的是窗外晒衣绳上的鸟

那翠绿色的声音，使所有的乌有

钻进我怀抱。然而，旅行依旧要打开门

就像守旧者启开暗盒，所有的原罪

打开门吧，在这个沉闷的七月

让我的这幅画陪同你去探索忧伤之源

17. 除了生死玄妙

这些燃烧的灯,很快就将变成月光
除了生死玄妙,最值得研究的
就是我们的离散。还有房间里的乐器
像睡梦般追逐着枕头外的地平线
在炎热的日子里,我的肢体语言向着藤蔓攀缘
生命的渺茫,在此避难
忙碌是美好的,当你看见千万里飞来的
蜜蜂投入花丛中……整个世界的沙漠在后退

18. 在万物的口袋里

在万物的口袋里
忧伤是为了避难以后
看见的雨霁,如母亲的胸脯
抵达我们身后的风暴
我将手伸进那只口袋里
这棉花白的口袋,可以是仓鼠渴望的
可以是白菜、番茄的另一个家
可以是纽扣下面一张纸上的秘密回来了
我爱这一只提在手里的口袋
在落日之后,我默默地将置疑的目光
变得清朗。万物,在口袋里
避难。我们走过了一座桥
天边已是尽头,万物之淡泊如额眉清风

19. 无　题

我不知道在哪里可以拥抱你

整个意识，铺天盖地如黄沙巨浪

嘴唇干裂如下半夜黑褐色的土地

称之为永恒的东西

可以像炼狱深不可及，也可以像土豆

埋在深土下。钟声穿透了屏风

我像奴隶一样不敢面朝天空

亲爱的，到哪里去拥抱你

在哪一级台阶上，我可以囚禁美丽的精灵

凝视雨后的天空，我从椅子上又站起来

我想起了从镰刀下倒下去的一大片麦子

我想起了在哪一辆小马车上我该日夜奔跑

20. 云层如棉絮

我需要看见云层,它出来了
这厚重的棉絮,给我温热、凉爽的推动力
更重要的是挟持我,给我喘气的机会
忘却或感恩之力。云层如棉絮
乳白色飘来了,你知道的一个词语
原本就是一个转瞬即逝的空茫
我迎向前,迎向矮小的帐篷
宛如细小的一朵朵蘑菇,在撑开与缩小间
给我天堂般的一间房屋
我走进去,你恰好已住在里面
我需要注定的宿命,譬如葵花
掩饰住了忧伤。尽可以在家宅
也可以在斜坡上摇曳着
不可知的未来之圆盘,摇曳着孤独的
身心,从不告白内心的沧桑
我所需要的只是一床云絮
在我住进的小房间里,犹如蘑菇般的
天顶和四壁,给了我一场雷雨

给了我一朵向日葵浑身上下地绽放

所谓诗人,理所当然成为时间的神曲

我只需要,穿上心仪的衣装

遇到天底下向我走来的某个人

或者遇到一场倾盆而下的大雨

我仰起头,接受着一场大雨的戎令

像拒绝了你,我找到了一床流浪的云絮

我站在通往你故园的地方

一群倦鸟从头顶飞过。我目送着

这群精灵,像回到了我父亲早年纵横的战场

我默默地回过头

无数烟尘已落下……在帷幕间

我目送着飞得很低的那只倦鸟

在它银白色的尾翼下,是我父亲回家的路线

21. 我重复的

我爱你,我重复地使用着铁铲
挖着秘密的沟渠。我重复地晒太阳
看星宿月亮的面孔。我重复中
成为自己,并日久天长地
让闹钟响起来。地球有多大
我就有多么爱你,而我使用着语词
就像看见众树开花,我亲手埋葬了自己

22. 只要你活着

只要你活着,凳子就是木头做的,后来
增加了塑料、金属、玻璃。但只有木头
让你看见了一座座原始森林。你坐在凳子上
你有了私密空间,这是你最自由的时刻
只要你活着,水果在树上也会来到你手心
在筐子里,整个秋季,水果的黄红色
铺满了山坡。只要你活着,刀就是冰冷的
它藏在刀锋中,它藏在远离你肉体的地方
只要你活着,那些奔跑中的速度
最终抵达的是围栏中的兽群。如果你害怕
你就会越来越仁慈。解开围栏
吆喝兽群们回到高山流云的森林中去
我爱你,是因为又到秋天了
所有的旧日子都会过去。在新的叙述里
找到了落叶的满树呼啸,找到了电吉他
钢琴黑键下……太阳落山又升起的地方

献给江河流域的十四行诗

江河
流域

1. 当巨大的哀牢山翻滚而来时

当巨大的哀牢山翻滚而来时
我藏进了你的腹地
这是盐水和大米的源头,这是清澈的圣地
你所途经的绿色屏障,盐水和谷物的源头穿胸而来

众鸟又轻盈又悲悯地俯冲而下
使你回头看见了山陆,看见了我
巨大的哀牢山脉翻滚而来
浓郁的暗河在低处流动

我所爱恋的翅膀猛然越过了云层
它谷物中的寓言,在明亮的云端告诉我
我们相遇只为了告别。当漫长的哀牢山脉
以扇形的、晶莹的体态拴住了我的身体

在遍野的冬雾中,巨大的哀牢山裹着哀愁
带着历史中轮回的狂喜被你已揽紧

2. 被寂静和遗忘所覆盖的碧色寨

被寂静和遗忘所覆盖的碧色寨
其身心已疲惫,其眼泪已风化
其秘史已被枕木和铁轨所穿越过
其黝黑的帘布已挡住了外来者的眼睑

被寂静和遗忘所覆盖的碧色寨
其姿容中隐藏的言辞已被浮云所载走
其跳蚤似的旋律中仍然有几朵野菊开放
其幽灵般的倾诉垂向天际

被寂静和遗忘所覆盖的碧色寨
其水塔升起又落下,如落日下的器皿
其三面钟的时间已被睡眠覆盖
其喧嚣的咖啡馆已失去了法国人的鸟语声

被寂静和遗忘所覆盖的碧色寨
被三只云雀吟唱着,被两条青蛇穿越着时间

3. 希腊兄弟的哥胪式酒楼

坐落在碧色寨山坡上的哥胪式酒楼
是一对希腊兄弟穿越大海带来的幻影
当碧色寨出现在希腊兄弟的眼前时
漫歌似的旋转轴心便绕着碧色寨旋转

当希腊兄弟的哥胪式酒楼
升起在二十世纪的初夜,那一夜的
法兰西香槟如焰火般朝着四野喷溅
整座碧色寨经历了一夜不眠

哥胪式酒楼下榻的客人中有商旅、刺客
有舞伎、琴手、锡的传人
从每扇木格玻璃窗外都可以出现碧色寨
站在窗口你会发现碧色寨是一座江湖

希腊兄弟有酒楼有洋行,有在百年前
驰骋碧色寨的幽魂漫记

4. 跳蚤似的碧色寨

跳蚤似的碧色寨为什么迎来了
打着洋伞的法国女人，穿着西装的欧洲人
拎着皮箱，抽着雪茄的异域人
这是令二十世纪初夜的碧色寨迷惑的问题

跳蚤似的碧色寨为什么看见了
蓝眼睛的男人和女人，他们在拥抱亲吻
火车在鸣欢中来了又沿铁轨消失了
这是令跳蚤穿越的碧色寨战栗的现实

跳蚤似的碧色寨为什么铭记了
一座特级火车站来往的面孔，那些被命运
所驱逐者的因火车所激荡的进行曲
这是令跳蚤似的碧色寨深藏哀愁的梦幻

跳蚤似的碧色寨为什么仍存在于
一座火车站的遗梦中，这是让跳蚤纵横不已的理由

5. 被法兰西香槟弥漫的碧色寨

法兰西香槟从巴黎古老的酒窖中上了大海
经漂泊来到了越南海防岸,又上火车
乘滇越铁路直抵碧色寨。香槟呈褐黄色
像碧色寨车站枕木般的黄,荡起一阵旋律

被破晓而出的晨雾所笼罩的碧色寨
面临着被各种法兰西的、希腊的、意大利的、德国的、
广东的、湖南的、四川的
昆明的、个旧蒙自石屏的语音所激荡起
一阵又一阵微波,激活了碧色寨的心跳

而当碧色寨被星月的身体拥抱时
银亮的光泽使它陷入魔幻的豁谷
那些被玻璃高脚酒杯中盈动的香槟
所唤醒的钟声,正沿着铁轨外的幽暗弥散

充满涩味的、甜的、幻觉的、爱情的
殖民时期的法兰西香槟就这样弥散过来了

6. 因为你,碧色寨于我是一部冥幻曲

因为你,碧色寨于我就是一部冥幻曲
现在,请带上我,犹如当年的碧色寨
需要的一颗冥幻之心,在它自由而沉重的
绽放中,需要那黑的铁轨,那些黑多么迷人

那些时间中的黑,那些哥胪式酒楼中的黑
那些被水火油所照亮的黑;那些哀愁中的黑
那些法兰西女人裙带中的黑,那些酒
杯中的黑;那些滚动的伟大乌云似的黑

那些黑中充斥着碧色寨的历史
因为你,碧色寨于我就是一部冥幻曲
那些黑色中的枕木越来越明亮的正午
正是你们出现在碧色寨车站的时刻

一颗冥幻之心灵,仿佛在火车奔驰而来时
再一次地演奏出离散之曲

7. 蛮耗码头：从七世纪诞生的水路

蛮耗，被七世纪的指南针所发现的
从密林到河谷地带中凉爽的水路
从那一时刻开始替代了人类去赴约
因为世间所有的赴约之路都充满了水的履历

从七世纪诞生的水路中，人类开始了
编年史记中的探索。那些迎来了冒险者
的水路，其履历曾像新生的婴儿
目光清澈，肢体舞动。期待着生的快乐

蛮耗，从七世纪的某一晨某一正午
开始了它用弯曲而漫长水路所培植的
神秘的水青苔和泥沙奔流而下的传说
有无数的布衣随风荡来了满怀的赤热

蛮耗，一座从七世纪的羊皮纸书中扑面而来的
被水簇拥于怀抱的历史，其波涛形成了最漫长的水路

8. 当异域人进入蛮耗码头的那个正午

正午时的蛮耗码头,其光轮像那些岸边的
芭蕉叶扇,每扇动一次就会有异域人秘密地潜入它们的光轮中
借助于那些硕大的绿房子造梦,梦的边缘是蔓生的植物

异域人,因为越过了大海越过了雾障
异域人,因为越过了铁器越过了枕木
异域人,因为越过了文明越过了樊笼
异域人,因为越过了尺度越过了山川

蛮耗码头就在眼前:被热的腹地所贯穿的岸滩
灼热的蜂群们互相用翼韵亲吻着
硕大的、纤巧的叶簇们在低语中拥抱
激流们抛掷在岸滩上的是水浓烈的触须

异域人出现在蛮耗码头的正午
出现在一群蜜蜂窝筑起岸堤的忧郁时刻

9. 在黑的尺度里,沿红河岸漫游

在黑的伟大尺度里,荞麦一波又一波
随心远扬中创造了石头垒建的迤萨城堡
我站在古堡一隅,渴望着有人看见过的我
在前世曾是迤萨城堡中的女仆

那些黑造就了不凡的深渊,我渴望
有人看见过的我,曾经在前世
而对着黑的夜晚,黑的石头堡垒
我站在马锅头的一匹匹骏马面前做女仆

在黑的尺度里,造就了生死离别
造就了迤萨人的家世,它们像黑一样
悠久而深远。我渴望有人看见过的我
曾经是迤萨家世中的一个著名的女仆

在黑的尺度里,历史性的伟大时刻
越来越多的黑,像长夜般浩荡出去

10. 哈尼族的史前诗学漫记

沿着最西的版图,因战乱而开始迁徙
来到了哀牢山脉。那是被巨大的蓝和绿
牵引的史前史旋律,一千多年过去了
我仍然感觉到哈尼人穿越时间的呼唤声

哈尼人赤脚穿越的那片莽林飞扑着众鹰
那只领头之鹰将哈尼人引出了西部的荒漠
那只领头之鹰又将哈尼人带到哀牢山脉
那只领头之鹰又将哈尼人带到了深山豁谷

哈尼族纵身于辽阔的哀牢山脉
他们开始筑居、生火、驻足在有水的地脉
他们开始刀耕火种,劈出了弯刀下的田洼
他们开始将稻谷撒下去,稻谷落了下去

谷种落下去了,谷种落下去,落下去了
伟大的哈尼梯田史前史拉开了序幕

11. 谷魂藏身记

谷魂藏在哈尼人出入的地方
那些被泉眼滋润的路,是神学漫溢之地
谷魂藏在茂密的林带,在它隐身之地
是众灵扇动翅翼飞行的深渊

谷魂藏在日或月周转不息的山冈
从碧绿中滑向深沉的墨绿,再滑向圣人的
褐黄;谷魂藏在日光的火焰中,藏在夜间
最凉爽的月光浴的银盘之上

谷魂藏在干栏升起的屋宇
藏于火塘的温度和水的湿度中
谷魂藏在哈尼人梦之原乡
藏于灵魂出窍的午夜时分的皎洁

谷魂藏于楠木、红杉木、檀香木的渊薮中
藏于永不失传的风水轮转术中

12. 史前史中，第一个开耕梯田的人是谁

那出现在浓荫中的哈尼族先人
吮吸着从竹叶中滑入嘴唇的晨露
他的心张开了，就像渗入大地的、高山的
晨露，就像哀牢王国的造琴师发明了弓弦

就像那弓弦，一上一下，起伏波荡
就像那造琴师眼里滚动的旋律
就像那旋律如注，倾注着低音区域的台阶
就像那最初的先人迎着曙色拓开的云壤

云壤下的哈尼族先人的灵魂已出窍
他的心张开了，漫天飞舞的旋律已来临
一千多年以前的犁耙，是最坚硬的思想
它们插入了云壤下褐色的泥土

最早的云梯泉水奔涌，它们是哈尼梯田
通向天神地神的旋律，它们是一个哈尼族先人发明的音阶

13. 稻米雅歌

来了，来了，那些被哈尼族先人盛在南迁之路的
那些被沉重的石头器皿、芳芳的木头器皿藏住的
灵魂出来了，它们跳出来了
它们跳过了山水、沟壑、屏障和黑夜漫长

来了，来了，那些人类谷物神话的精灵
它们喜悦的身体、纤巧的灵魂过来了
它们下到了哈尼人创造的云梯之下
它们以饱满的身姿寻找到了自己的宫殿

来了，来了，那些神赐的谷种落下去了
到水里去了，到泥里去了
到深沉的梦乡去了，到物种起源中去了
到盛夏的温度中去了，到秋的圣地去了

雅歌藏在哈尼梯田的层层稻浪中
雅歌藏在谷粒们享受美丽时光的路上

14. 梯宫殿

那些通往日出的路呀，漫长呀如母之爱
造梯的人已通往哀牢山脉，已在水边居住
他们簇拥的肢体，筑起了一座村落
每一座村落都拥有身前身后的高山

梯级式的地理，神曾经翻越过的经书
哈尼人出来了，看到了神吟过的符咒
遍布在身前身后的高山中，看到了
神翻拂经书时留下的痕迹弥漫

就这样，每一云梯都是在复制经轮的传唱
这是梯宫殿，这是永恒的谷之居所
这是梯宫殿，这是万灵赴约之城
这是梯宫殿，这是收藏秋之庆典的歌剧院

当我们看见的梯宫殿出现在眼前时
每一级云梯都荡漾着神造的芬芳

15. 撒玛坝的哈尼梯田

去看撒玛坝梯田的路上，玄学游荡在雾中
我看见了忧伤的路，柏拉图哲学中的幽暗
撒玛坝在哪里？在令我们心慌意乱的前方
在我们人生的中途，在红河县的版图中

撒玛坝必须被广大的雾霭所笼罩
它的心，曾被世间的玄学所深藏
它的姿容，曾被日或月的光泽所抚摸
它的品质，曾被神的眼睛鉴别并歌唱

撒玛坝就在眼前：银白的浪圈住了雾霭中
浩荡的心灵；层层叠叠的玄学仿佛遇上了知音
撒玛坝就在眼前，如同史前的
博物馆拉开了门闩，迷人的锦绣飘浮而来

去红河县撒玛坝的路上，我的心仿佛
经历了对一个人的全部爱恋后，抵达了最美的世界尽头

16. 蓝调,哈尼梯田的主背景

蓝,从微蓝到湛蓝到深蓝
其中要经历多少时间?这不是玄学的问题
蓝,被我所看见的蓝是哈尼梯田
倾尽水和泥后,荡漾出的稻田史记

沿哀牢山脉前去看伟大梯田的诞生地
你就会与蓝调相遇,那些从云梯怀抱
诞生之蓝,从微蓝到湛蓝到深蓝
从哈尼人南迁的长旅中追寻的蓝

沿途,竹篱以上的蓝、炊烟以上的蓝
笋尖以上的蓝、哈尼女人眼里的蓝
一群白鹭游动的蓝、水溪谷映现的蓝
蓝,是哈尼梯田的眼泪造出的云梯

从蓝过渡到微蓝、湛蓝到深蓝
哈尼人要熔炼多少颗眼泪的晶莹

17. 如果神游历遍了云壤下的哈尼梯田

如果神游历遍了云壤下的哈尼梯田
神就会从云梯的最下端,那是底部的音阶
那是低音区,那是神游思缠绵的地方
神从低音区往上走,云梯越来越陡峭

神站在最陡峭的云梯上,神看见了水穗
看见了碧绿的音符,神立于云梯看见了
哈尼人的情歌,看见了哈尼人的母和父
看见了谷穗扬起之微澜,看见了喜悦

神就要离开了,神继续往上走
神看见了一个哈尼族女人,站在云梯上
神看见了水一样的涣散,云里的蓝
神看见了稻穗一样的妖娆,灵魂里的仙气

神已来到云梯最高一级,神就要离开了
神胸中云集着哈尼梯田的全部美学离开了

18. 没有人能数清哈尼人有多少级云梯

梯度是陡峭的,在它的陡峭中
哈尼人经历了沿着危崖探索的黑夜旅程
他们将指纹镌刻在石岩时,幻境中伟大的
魔法中出现了一千多年前的梯度

梯形是形而上学的尺码,透过它
云里雾里的史前史越来越澄澈和碧蓝
在梯形的尺码中显露出了哈尼人的眼神
只有在神韵笼罩的眼神中你才能解构梯形中的秘笈

梯级是向下和向上的,这是人类史的符号
哈尼人沿着向下的路寻找到了向上的路
哈尼人在创造梯级的路上,寻找到了人类的身体符号
那就是从上到下的历险史迹

没有人能够数清哈尼人有多少级云梯
因为有云有雾有谷有粒有水有叶有灵的哈尼梯田像神话
一样漫无边际

19. 哈尼梯田的稻米有多香

粉红色的哈尼梯田稻米是我品尝过的
最香的稻米，因为在我品尝时
云来过了，云来过了，云来过了
云来过了，云来过了，云来过了

坐在哈尼人的寨子里，品尝一碗稻米
云离开后又回来了，香味越来越缥缈
在稻田中漫游的野鸭们回来了
鸭子们身体外充盈着哈尼梯田的泥巴

云来过了，云来过又离开了
粉红色的哈尼梯田的稻米从哪里来
云告诉过我了，那些香味是云端里的音律
云告诉过我了，那是云端深处的稻米

哈尼梯田的稻米为什么那样香
云来过了，云已经告诉过你了

20. 长街宴：哈尼族盛大的庆典

那些被银饰品缀满的哈尼族妇女
曾经行走在哈尼梯田的绿波涛中，每一个
女人都像哈尼族的女王。具有高贵的品质
此刻，在随风舞动的长街宴上，我遇上的女王们，正去
庆祝她们的节日

长街宴，是神秘的哈尼族源头的传颂
是以谷灵的香气命名的节日
长街宴，是哈尼人与万灵们约会的节日
是为了吟唱哈尼人史诗而举行的庆典

以谷物为灵魂的哈尼人，灵魂在绕着
哈尼人的记事、哈尼人的创事记
以天地为神的哈尼人，祭祀或庆祝着
神赐给的秘密根源，寻访着祖先的福地

长街宴，以世界的庆典召唤着渊源的神学符号
以哈尼人的隐喻梦见了新的轮回

21. 我想沉迷在你的蓝调中

我想沉迷在你的红河沿岸,沉迷在你
思想的远方,我想变成树和水
凭着我柔软的形体,凭着我的迷惑和孤独
与你前去追寻红河沿岸那种麋鹿似的蓝色

你的尊严、你的孤寂、你的思想
多么像那头逡巡在红河岸上的麋鹿
一头纯蓝色的麋鹿,用抑郁的目光
面对皓月,面对那朦胧的天色

闪现又泯灭了的一种幻想
曾经是萦绕绵长的爱梦一场,曾经是站在红河岸
面对那头麋鹿的一段距离。直到如今
我仍然沉迷于你的蓝调,心甘情愿与你分离着

心甘情愿地,跟随你的蓝调
在踽踽独行的长旅中走到红河的尽头

22. 看见了人字桥

从南溪河的野芭蕉林中探出头去
掠开了藤条枝蔓，经过偀姑黑黝的峡谷时
我的心悬在空幽的石崖
犹如百年法国工程师将图纸铺开的那个正午

我在正午前接近了人字桥的悲歌
通过深鳖黑的窟窿眼时已进入隧洞
我在一束光泽前已接近了人字桥的玄秘
万物万灵都愿意保持着最真实的原址

我在正午前看见了人字桥的形象
看见了用八百人铺就的枕木铁轨的原形
看见了铆钉、降妖伏魔的惊心的时间
看见了左右两侧的月盘和光轮

我在正午前看见了人字桥的寂寞
看见了云彩落下来的一曲迷幻

23. 看见了人字桥

我在正午前看见了人字桥的眼泪
看见了野花从枕木中长出来
看见了蹉跎,看见了铆钉钻进人类的肉身
看见了守桥人,他曾是百年前筑桥人的孙男

我在正午前终于看见了人字桥的坚韧
看见了又一列小火车来了,来到了人字桥
看见了硕大的蚁群和一只空中兀鹫对视
看见了桥身下那些出生入死的幽灵

我在正午前看见了桥两岸的梦魇是绿色的
我在正午前看见了铆钉们越来越锃亮
我在正午前看见了连绵的世纪在打盹
我在正午前看见了几个陌生人在过人字桥

我在正午前看见的人字桥是忧伤的
我在正午前看见的人字桥因炫目的阳光而闭上了双眼

24. 想陈述爱你的理由是因为榴色漫溢

当整座蒙自城因为榴色漫溢时
正是你冷却我的时刻。你因为拥有南湖
便拥有了炼铁的时间和气候
对于我来说,你已经具备了钢铁的韧性

想陈述爱你的理由是因为榴色漫溢
何谓榴色?那些翩跹于屋顶的、湖边的
那些簇拥于历史篇章的,那些被颤音
滑翔的,那些将低音区移入夜晚的

因为榴色漫溢我来了,我已来临
曾幻想在云南某个边隅吻你的人就是我
曾不顾一切樊篱想与你听完一首歌的人是我
曾带着我的沧桑想重新为你出生一次的人就是我

榴色又漫溢,又漫溢遍整个蒙自城
这是一个世间奇境,因为爱所有榴色都疾走和呼啸在风中

25. 因为疯狂的石榴树已经看见了你

那是从七百多年前的伊朗、阿富汗移植过来的
甜石榴；那是被独异的温度和湿度
所培植的甜；那是无与伦比的疯狂的
石榴树纵横披靡的关于甜的神话

蒙自甜石榴，丰盈的身体中藏着巨大的
榴色，那是一个石榴王朝永恒的泉液
迎着万亩石榴园走去，你就会忘却世间的忧愁
因为疯狂的石榴树已经看见了你

因为疯狂的石榴树已经在迎接着你
因为疯狂的石榴树已经晃动你的身心
因为疯狂的石榴树已经爱上了你
因为疯狂的石榴树已经笼罩住了你

纯粹的甜，从一座石榴王朝的身体中
再一次地漫溢，再一次地抵达了人类之心的品尝

26. 火车头是漆黑的

火车头是漆黑的,从一九一〇年的前夜开始
火车头就是漆黑的。它之漆黑是被
法国人看见的、浸濡的、涂鸦的、演奏的色调
在漆黑的两端是越南海防和昆明北站

我所看见的火车头是漆黑的
它的黑震撼过南盘江边的羊街、狗街、滴水、徐家渡
禄丰、糯租、西洱、山河口、盘溪
热水塘、西址邑、拉里黑、巡检司

火车头是漆黑的,它的黑震撼着小龙潭
驻马哨、碧色寨、落水洞、倮姑、亭塘
波渡箐、湾塘、白寨……它的漆黑
使火车头外的野牛、麋鹿们停止了奔跑

漆黑的火车头,震撼过沿路的眼帘
所有与它相遇的人都忍不住回头看它一眼

27. 荒凉的碧色寨,荒凉的眼神看着你我

石砾是凉的,那是透彻之凉,那是沁入你我
前生今世的凉。不可能再有一辆列车经过
我们身边,我让你将右手的箱子换到左手
我让你用右手牵我看铁轨下被激荡的石砾

水塔是凉的,那是冷却之凉,那是分离我们身心之凉
尽管我们保持着仰望等待的
姿态,然而,碧色寨的水塔已失去最后的
一滴水,已失去滋泽列车心灵的蓄水池

三面钟是凉的,那是历史之凉,那是停顿的哀曲
我们来了,我们面对三面钟
总要有时针停顿、凝目或沉静如水
总要有哀曲替失散的历史演奏逝水的面孔

我们来了,只为荒凉的碧色寨而来
就像我们用荒凉之舌卷住了失语的铁轨

28. 在朱家花园失散的家谱中

在朱家花园失散的家谱中
我仍能找到缝衣针和墨守家规的一个时辰，那根针
取自淬火，取自野荆棘，取自肉体的疼痛
并将一个庞大家族体系彻底地分离

那是秋天，穿过朱家幽灵们出入的大堂
那里是聚散之所，小鬼和大鬼们都在跳舞
他们打开了厚重的线装家谱，游丝缭绕于
香灰色的屋檐、屋脊、屋席、屋顶、屋廊

那是秋天，在朱家花园失散的家谱中
尘埃又落地，镜前明月又悬起波纹
一轮又一轮的蝶影飞乱了仪式和灵穴
在落荒而逃的名录上贴满了蝶泳的标本

我来了，这是一座以建筑标本构筑之迷宫
在艳阳下，仍能看见亡灵们互相招魂

29. 通往你的路必经哀牢王国

让那些树裳裹着晶亮的盐水跳舞吧
我已在其中,以树为魂
每一分钟都经历着叶片、叶酸、叶柄、叶子的空中舞步
在旋转的树窝中,哀牢山绿了起来

通往你的路必经哀牢王国
一个王住在里面,以树藤为强大的壁垒
我经过了王巡视的密径,看见了王的胸前
有光芒的符咒和茂盛的雨水

陷入哀牢王国的我,越走越远
水妖和树妖们筑起了骨头中晃动的城墙
祖母蓝一样的眼神微微地将秘诀显露
血液的红渗入茫茫无际的神穹的顶峰

没有人能告诉我,在哀牢王国的夜晚做梦
是否会梦见与一头黑熊搏斗的场景

30. 语未尽，情未了

人类以幻想麒麟般的吉祥在漫游
因漫游而无止境，从而将触角寄寓于山水
游离于路上。我又看见了以麒麟、凤凰、乌龟和龙组成的漫游队列
看见了你在前面引路

我的神，你就在前面等我吗
有人告诉我，在有麒麟们出入之地
天气是甜的、蜂巢是塔形的、眼泪是蓝的
河流是哲人的、雨水是诗人的

一只麒麟在前引路，它并不狂奔，却找到了
湿润的空气；它并不疯狂，却找到了巨大的
泉眼；它并不沮丧，却融入了喜悦的泪泉
一只麒麟沿路行走，带我找到了漫游而无止境的美景

我在幻想中，以自己的美学找到了你
一只吉祥而永恒的麒麟引领我看见了你

我的心像鼓一样激荡

激荡
鼓

1. 永胜三川坝

说一千遍或说一万遍
在反复的吟诵中,那里的土地上
插着犁铧,我看见泥土擦干净了锈迹
我看见了水牛背上的孩子光着屁股
谷物像神话一样周而复始后再回到人间

2. 澜沧江岸的绣袍

一个妇女,四十来岁
坐在江岸守着苞谷地
她膝头上是一件绣袍
丝线中隐约出现的是一只金色的鸟巢
噢,羽毛已出现雏形,我猜测着这件绣袍
将穿在什么人身上?有谁又配得上这件绣袍上的
刺绣?那只从鸟巢飞出的鸟,有可能就是王
也有可能是侍卫、母后、信使
谁知道,她身体下的澜沧江正滚动着泥浆之上的
一匹匹蓝丝绸?谁知道,在这玄幻的时间里
我们不过是浮尘托起的虚拟之窗

3. 烟灰从他手指弹下

三十多年前,在土黄色的一家咖啡馆
一个男人坐在我对面
烟灰从他手指弹下
不错,在黑啤正沿着酒杯泛出白色的泡沫时
我看见,烟灰正从他手指间弹下
烟灰色,我铭记了那样一个迷乱的黄昏
在烟灰色下,转眼就消失了那座土黄色的咖啡馆
而他的轮廓,就像画布上涂鸦的双手
充满了触摸感,但永远不可能清晰地再现
眼、鼻、嘴唇的具体位置,至于他的名字
仿佛书笺,已被遗忘在另一本书中

4. 当我爱上针线的年代

当我爱上针线的年代
家里很贫穷,在一堆有补丁的布衣上
我发现了母亲的针脚
我坐在油灯下,一根线穿过了针脚
许多年后,我穿过了一座乌黑的隧洞时
突然想起了那根线穿过针脚时母亲已经将煤油灯吹灭了

5. 另一个词

雨季，想起另一个词的缠绵。在久远的瓦檐上
是刺客列传的隐身地。在泥浆纵横的小路
那时候还没有人造泡沫。至于谎言、道德伦理
自从有人类开始，就像洪水猛兽般降临了

6. 天很黑

天很黑,夜过半,雨未停
呼吸,我亲爱的呼吸,可以宽恕一切
黑森林在摇晃,像是在晃动我的肩膀
我想起天边尽头,紫黑的栗树
缓慢的小火车开远了
那些捡到松枝的人,那些放走了俘房的绳索
那些取悦月光者,那些我前世的债主
请相互朗照,请回到各自的老家
睡吧,我亲爱的神,睡吧
松明火,窗外的峡谷,幸福的苹果树

7. 夜　间

夜间，是我们仅有的自由空间
它装饰着屋檐下松弛的灵肉并使它隐蔽
人终究不过是堆皮肉而已
只有在肉体上有灯光
才会有隔壁和内陆的通道
午夜，是松弛的时刻，我掐指下是时间的快
蜷伏吧，唯有黑夜，可承诺给我们未来的礼物

8. 情　书

那些被信封折叠起来的青春史
埋藏在箱子抽屉的内层。直到今天
我才醒悟,情书中的乌托邦精神
可以建造一座从内陆通往海洋的水路
亦可以在电闪雷鸣之间,追赶到在茫茫黑暗
逃亡的信使。我已经不再沉溺于情书的历史
但我没有力量使用火柴将它化为灰烬
有可能在它的一只只旧信封里埋葬着我的蝴蝶和蜜蜂
我深信在我的另一个来世它们将转而再生后与我重相逢

9. 石鼓小镇

我站在金沙江一路奔来时最宽阔的水域岸
一些泥沙钻进了我的脚心，一些波浪涌上了我的心头
我看见了古代的将士也看见了中国工农红军
在历次战役中金沙江都是那些亡灵英雄身体中的波涛汹涌
我从江岸走向石鼓小镇的一只炉架前
炉架前正烤着一只只金黄色的玉米和土豆
我的胃从未像那一刻饥饿着，是的，我的胃饥饿着
我盯着炉架上的玉米土豆，在我身前身后
是小镇上的俗民来来往往，我深信他们
就是那些转世归来的亡灵英雄，我抬起头
我的胃饥饿着，就像我忧郁之心的一盆火炉中的灰烬

10. 当世界喧嚷不息

当世界喧嚷不息,在安静的一隅
她如瓶颈深处的气息,吐露出舌尖上的味儿
因气味中弥漫着从人生夹缝中虚构的自由精神
她的心跳声,仿佛相融于蝉翼在拍击着幽暗无边的原始森林

11. 仿　佛

仿佛听见二十多年前的慢火车
我手里捏着汗淋淋的火车票
去赴一个并不存在的约定
那是小说中的约定，枕木铁轨下盛开着一大片粉红色的
野百合，一个女人走了很远
约会的是一个落日尽头的空白走廊

12. 轻,轻盈些

轻,轻盈些,我们的日子已经太沉重
我不再审判自己。天底下水患严重
慈悲之力比如羽毛,去到该去的地方
鲜花要馈赠自己,因为天底下的水患
漫过了长堤。亲爱的,你如看见那束羽毛
请给我信函,请写上你的名字
在水深火热的地方,必定有羽毛
载着你的小身体,去到蜜蜂们周游的世界

13. 无 题

我一如往昔,厌倦着那些变味的传说
而生活,赐予我的
是一双新鞋,一道推开的窗户
我有一种特质,眺望着并沉溺于忘却
未来的某一天,我的生活将越来越简单朴素
坐在山冈角隅,看一只蝴蝶嬉戏
于是,黄昏降临了,我的裙摆像落英垂在地上

14. 永　恒

每个时辰都是永恒
只要你在沙子里看到了泉水
灰烬中嗅到檀香
黄昏中打开了门

15. 梅里雪山下的朝圣者

他们带着经历了初世的警钟而来

经书像彩云在头顶若即若离

在他们头顶脚下的雪山峡谷就像父母的教诲般醒目

而他们的面颊却像初露一样纯净

愿你们在此圣境中的祈祷可以融尽即将到来的乌云和雷霆

我听见了你们细如春笋的祈语

我看见了你们双手合十向着头顶的神致意

他们带着经历了入世的沧桑而来

在他们的贴身处有经书的位置,有白云的走向

他们以各种人生的悲郁和欢喜来到圣地

他们将双手合上,此刻,我看见他们衣服上的灰开始落下

他们眼眶中的泪变成了雪山顶上的一朵朵莲花

愿你们的悲苦和所愿在此祈祷为一次次菩提的远行

他们带着转世后的喜悦而来

他们跪拜着或用手臂朝着转经筒旋转

人生很长也很短,很长的东西是那永恒的意念

很短的东西是肉身中的时间

愿你们在转世之后将迎来新一轮的无限春光

16. 经书啊经书

你陪我渡过了激流湍急的暗河
并抵达了彼岸，岸上有白色的羊群，众鸟弹奏的乐器
我上了岸，这一世如果我不能长出翅膀
我就做一个在大地上的播种者
相信我，会在田野上拣干净所有成熟的麦穗
你陪我度过了布满泥沙夜的茫茫愁绪
我这双赤裸的脚终于穿上了祖先留下的柔软的布鞋
朝前走或往后退，我都会将谎言和真理的界限看见
你陪我度过了迷乱和理性的光阴
直到点点滴滴的智慧增长我体内的枝条
使我像一棵树，从容而坦荡地接受命定的训诫
你陪我度过了无我有你的漫长时光
莲花灯啊，亲爱的莲花灯啊，你照亮了我身体中的黑暗

17. 银手镯

你戴在我手腕上的那个下午
是我目光眩幻的时刻,那时候
我刚完成了一次骨骼和血液的疗伤
在银饰手工坊的滇南名城通海县城
我看见了宽宽的银手镯上的一道道花纹
我将手腕伸出去,交给了手工制订的师傅
他将手镯戴在了我纤细的手腕
我仿佛听见水声在寻找我的书房和写作中的露台
我抬起手腕,我仿佛看见银色的地平线上
未曾谋面的皎洁,将在月光下抵达我的窗外

18. 虚　空

用过的书里，有一帧蝴蝶标本，它是山冈上的
一阵阵拍翅轻盈的魂。拂开的纸质，浸透出树浆的香味
家门口的溪流，浣洗着蓝色的手帕，她似乎已经洗干净了
枕头上的阴郁，梦里起伏回荡的泥沙和果浆
一觉醒来，她就收到了信笺和笔
在那么多的语言和墨汁之下，喷涌着无数的岩浆
云淡淡地过去，晨雾缓缓地飘来
没有铭心刻骨的幸福，但拥有天长地久的寂寥

19. 无　题

夜晚，看屋檐，看世界漫不经心的黑暗
看用过的情感像废弃的报纸随风远逝
拐角、小城，红色的手推车已黯然失色
唯有那些逃之夭夭的精灵仍在歌唱

20. 我用过的

我用过的杯子在哪里？那只早来的瓷器
纯白色，只有淡蓝色的燕子的几根羽毛
因一次碰撞，它有过小小的裂缝
我用过的这只杯子在哪里的废旧市场沉浮不定
我用过的情感在哪里？它们犹如排列的燕群
不知道是哪一只燕子，或者是三四只燕子
从我屋檐下出走，再也不回头，再也不再与我
面对面地对峙，梳理废倦羽毛上的风尘
我用过的笔记本在哪里？那些黑、红、白色的封面
仿佛手指一旦拂开，风就开始呼啸
月牙儿就开始朗照着里面的小路
神谕般殷红的血液中融入了天蓝色的咒语

21. 我裙子的颜色下有灰和石砾的尖锐

我裙子的颜色下有灰和石砾的尖锐
当我穿着裙子想出门时，首先是下楼
我喜欢有楼梯的房子，这样会让我想到但丁的台阶
他身穿黑袍诞生了伟大的《神曲》后
他的脚总是在穿越着地狱和天堂的道路
为什么地狱总是在下，天堂总是在上
楼梯会让我们寻找到答案，我每天往返于楼梯
楼梯之上有藏书阁，楼梯之下是菜市场
穿过菜市场后就出了城。灰，就在水泥覆盖之下
哪怕那些坚硬的水泥压住了灰
热情奔放的灰依然会寻找到我们
灰，就是那些可以种植生命也可以埋葬亡灵者的地方

22. 忧 伤

可以埋葬的都可以放在相册中，那些青春的
谎言上插着羽毛，飞一阵就落下了
可以背叛的都可以煮一壶水，沸腾以后
让它们再变成废水，因为外面清冽的甘泉在等待着咽喉
可以享尽的福乐都可以成为歌唱的旋律
仿效一群飞翔的云雀沿着地平线飞翔有多少沉重或轻盈

23. 无　题

安静的西南水边，鱼们并不知晓世界有多大
我现在理解了，世界太大就会湮灭人的足迹
天地太小则会使灵魂铸成钢钎。在远离政治的
水边，草木是香的，两个少年正裸泳
叶族到了饱经风雨后的最后季节
垂钓者远离着原子弹，国家与国家间的距离
我远离着合唱团和喇叭的剧烈震撼
身穿蓝色格子裙，已足够我忘却世界的虚空

24. 为什么

为什么,她不喜欢看见花园外的铁丝网
因为上面像麻花样扭成结的是锈斑
你很难想象在此漫步者会忍住悲伤
为什么,她不愿意身穿布衣后打开窗看见灰尘
因为她刚洗过脸,不愿意看见灰尘满面的容颜
为什么,她会将菜刀匕首藏在抽屉里
只因为这世间偶遇的人群中有她热爱的战俘
为什么,她无法学会泳技亦无法学会仇恨
瞧吧,她的波涛穿过了裙子,她家门口有波平浪静后的美景

25. 又见孔雀

又见孔雀,它的蓝,让我想起了女诗人蓝蓝
在一个名字所饱含的晶莹中,是绵绵的诗句
亲爱的蓝蓝,在我们的云南
只有孔雀蓝和天上的云彩,让我想起你名字的
蓝。为什么,你拥有那么多令我的意念
充满玄幻的台阶,那么多雨过天晴后的色彩

26. 一天结束了

一天结束了,没有理由地结束了
而明天,在拉开抽屉时,仿佛有人为我
预订新鲜的玫瑰,过去的弥香
再无法浸透到打开的相册中去
期待着嗅到今晚的黑暗中有人在花店
为我预订玫瑰时,从声音中飘来的战栗的香气

27. 无眠夜

无眠夜,我想着你种下的苞谷是否会有收成
你是否放下了弓弩,安心侍候自己的神

28. 匆 忙

我们为什么要匆忙,因为想安静下来
地平线尽头,有我们的小屋
我们为什么有忧愁或欢喜
因为我们是人类,身体中有骨头血液

29. 遇到谁

遇到谁,都意味着同样的命运
在迎风的筛子里底部是沙,中间是成熟的
玉米、豌豆和稻谷,上面是一只鸟的飞翔
幸运的是葵花变成了籽,天空垂向我有多蔚蓝

30. 枪　杀

每个人，一生中
都会被自己那莫名的黑暗和忧伤
枪杀无数次。无论行走、坐下、停顿
都是为了另一种莫名的希望和幻想
以此让自己找到千万种理由
像风吹青麦那样独立和自由

31. 天空真好

她心平气和地注视云彩
天空真好，没有辜负人世间那么多人的空茫
变幻莫测，是它的特质
我此刻祈愿，天空为我
变幻出一本童年的小人书
里面有我的祖父母光荣而艰辛的征战
除此之外，甜品也很好
它取悦整个八月忧郁的味蕾
直到我默认今天是我最自由开怀的时刻

32. 危崖上奔跑的是诗人

我原来爱着那么多具体的、成熟而抽象的
生活，它们扑向我，像鸟雀般饥饿
我蹲下来或屈膝，这一刻，美丽的绳索
已来到我皮肉之间，风铃响起来了
那么多空枝压向我，床单洗干净了
土豆皮削完了，墨水汲满了
男人们斗争去了，妇女们穿上了绚烂的裙装
全世界的历史都是一部逃亡录
就像钱币使人心变黑，上升中的建筑
撞伤了天鹅的翅膀。安静下来，远处的牧场上
簇拥着雪白的羊群，危崖上奔跑的是诗人

33. 我的心像鼓一样激荡

我的心像鼓一样激荡
我的眼眶中沙粒热泪
我的神继续磨砺着我生命的迷惘
所有途经过我身边的人，请你们宽恕我的存在
我有斑斓的羽毛，也有不完美的肉身
请你们告诉我天空辽阔，大地有炉火冰雪春秋
无数世纪以后，我只是你身边的一块化石